マンション フォンティーヌ

The Mansion Fontaine

小路幸也

Yukiya Shoji

マンション　フォンティーヌ

THE MANSION
FONTAINE

CONTENTS

装幀：長崎綾（next door design）
装画：南波タケ

羽《はね》見《み》　晃《あきら》

二十九歳

小説家

禍福《かふく》は糾《あざな》える縄の如《ごと》し。

小学校の、たぶん二年生か三年生ぐらいのときに〈ことわざ辞典〉を読んでいて、覚えたことわざ。人生において幸せと不幸はまるでより合わせた縄みたいにやってくるものなのだよ、っていう意味。

すぐに覚えて、どうしてかはわからないけど誰かに教えたくなってしょうがなかったのをなんとなく記憶してる。きっと言葉のリズムも気に入ったんだと思う。

『かふくはあざなえるなわのごとし』って、何度も頭の中で繰り返していた。お父さんやお母さん、お兄ちゃんにも教えていたはず。

「本当にそういうものかもねぇ」って微笑《ほほえ》みながら頷《うなず》いていたお父さんやお母さんは、今の私より少し上の年齢だったはずだから、確かに禍福はそういうものだっていうのを実感としてわかっていたのかも。

元々、読むことが好きな子だったんだ。

読書という意味合いの小説とかマンガばかり読んでいたというんじゃなくて、それこそ辞典でも新聞でもチラシでも雑誌でも。とにかく文章というものを読むことが好きで、得意で。

そうやって何かを読んでいたらずーっと大人しくしていたから、育てやすい子供だったかもね、ってお母さんも前に言っていた。

その代わりかどうかはわからないけれど、眼鏡《めがね》は小学校の高学年からずっと愛用品。初めてコンタクトを試したのは高校生になってからだけど、どうも合わなかったみたいで、ずっと眼鏡っ子。

〈ことわざ辞典〉は確かお兄ちゃんのものだったと思うけど、それも最初の頁《ページ》から最後まで全部読んだはず。今でも、たぶんたくさんのことわざを覚えている方だと思う。

でも、この大体三十年間の人生で、そういうことわざを確かにそうだ、って実感することはあまりなかったと思うけれど、そのときばかりは本当に実感した。

ポンッ！　って頭に浮かんできた。

（受賞しました）

出版社の編集者さんからの電話。

禍福は糾える縄の如し。

膠原病《こうげんびょう》という厄介《やっかい》な病を抱えてしまって、これ以上普通に正社員としての会社勤めは無理ってなって会社に退職願を出して、正式に退職したまさにその日に、そういう電話が来るなんて。

新人賞を受賞して、小説家としてデビューできることが、決まったなんて。

「そしてまたその日が、住んでいたマンションの契約更新をしないって連絡した日だったんですよね」

ははぁ、って野木《のぎ》さんが納得したような感じで言った。

「それはまさしく、糾える縄の如しでしたね」

いろんな出来事が、出来事じゃないのか、人生における節目みたいなものが立て続けにやってきてしまって。

「本当に」

「とはいえ、会社を辞めること自体は事前にというか、決めてから間があったんですよね？　そうしなければ円満退社には」

「もちろんです」

いきなりは辞められない。一身上の都合による退職を、できれば円満退社というものにしなきゃならない。失業保険とかいろいろあるし、最低でも一ヶ月前にきちんと上司に言って、引き継ぎというものを行なって。きちんとしなきゃならない。

「それでも、膠原病っていうすごくわかりにくい病気のことを会社もきちんと理解してくれて、そして私のことも考えてくれたんですよね」

会社というより、上司の篠塚《しのづか》部長がだろうけど。

上司としてはもちろん、人としてとても尊敬できる人。

これは本当にただの偶然なんだけど、篠塚部長は私のお父さんと小中学校の同級生だった。

それで仕事上でどうこうというのは一切なかったけれども、気にかけてはくれていたんだと思う。

病気で辞めるというのは仕方ない。でも、休みながらであれば働けるというのなら、正社員ではなく契約社員という形にして、週三日や四日とかの勤務形態にしてみてはどうかって言ってくれた。

「叔父《おじ》としても、羽見《はねみ》さんのような中堅どころの戦力を失いたくなかったのでしょうね。同級生の娘さんということを抜きにしても」

「ありがたいなって思いました」

そのときはそれなら何とかなるかなって思った。

実際、一口では決して説明できない膠原病と呼ばれる病気の中で、私の症状自体は軽度の方だった。きちんとした生活をしていけるならば、症状が出ないのであれば入院の必要もなかった。

そうして、実際にそういう扱いにしてくれたんだけれども。

「ダメでしたね」

私が、その状態に耐えられなかった。

身体《からだ》も、そして心も。

自分がやっていた仕事は全部他の人たちに回されて、ずっと一緒にやっていた他の同期や後輩や先輩たちが私の分まで忙しく働いて残業とかもしているのに、自分は定時になったらさっさと帰って明日木曜からは休みですー、なんて毎日は、余計にストレスになってしまっていろんな症状が悪化してしまった。

いろいろ陰で言われてしまったこともあった。中途半端にいるくらいなら辞めてくれた方が楽なのに、とか。贔屓《ひいき》されているんじゃないの友達の娘さんとかだから、とか。たいして仕事もできないのに愛想だけはいいからね、とか。

そういうのが耳に入ってきていたし、実際に嫌がらせみたいなこともされてしまっていた。

ハンドルを持ったまま、野木さんはなるほど、って感じで頷いた。

「わかりますよ。私のところもそれなりに多くの社員がいますからね。そういう人間関係のあれはね、精神的に来ますよねいろいろと」

野木さんは不動産会社の部長さん。

少し若く見えるけれどきっと四十代。今までに何十人もの私みたいな人を部下として抱えて、いろいろな問題やトラブルにも対処してきたんだろうなって思う。何だか実感が籠《こも》った感じ。

そんな責任ある立場の人が、こうやって自ら現地まで案内してくれている。

普通こういう仕事をするのは若い営業社員なんだろうけど、篠塚部長が、甥御《おいご》さんである野木さんに頼んでくれたんだ。

辞めた社員なんだけど、いろいろあって引っ越すというから、安くていいところを見つけてやってくれって。

　本当に、ありがたい。

「小説は、ずっと書いていたんですか？　叔父の下で働きながら」

「いえ」

　小説家になろうなんて考えたことは全然なかった。

「なかったんですか」

「これっぽっちも」

　でも、身体の調子が悪いことに気づいて、病院通いを始めて、そうして膠原病と診断されて。

「まだ正社員の時期に、少し休んでみたんですね。それで治らないまでも、症状が緩和されて調子よくなったらラッキーかなぐらいで、有給とかいろいろ使って」

　そのときに、ずっと家でゆっくりしていたときに、ふと思った。

　私は、仕事がなかったら何をする人なんだろうって。

　ごくごく普通の生活をしていた。

　大学を出て東京で就職して一人暮らしを始めて。どちらかといえば地味な性格のせいか友達は少ないかもしれないけど、それなりに充分社会人生活を楽しんでいた。

　趣味は、読書とか映画や演劇鑑賞とか、とにかく物語が好きだった。働いて得たお給料は、服とか旅行とかじゃなくてほとんどそういう物語系のものに注ぎ込んでいた。

買った本は山ほど家にあるしＤＶＤとかもかなり持っている方だと思う。ネットでもほとんどの動画サービスに加入していて、休みの日だけじゃなくて平日でも毎日一、二本は映画やドラマとかを観《み》まくっていた。休日なんかは、人気ドラマシリーズを一気見なんてのはもうあたりまえのこと。

恋人は、いた。大学で一緒だった村松《むらまつ》くん。

四年間付き合った。ひょっとしたらこのまま結婚しちゃうんだろうかって思ったこともあったけれど、二年前にダメになってしまった。

それからはお付き合いした人は今のところ、なし。いなくても特に困っていなかった。子供の頃からインドア派で、自分の部屋で好きな物語を堪能していれば、もうそれで日々が充実していたから。

でも、私は、こうして病気になって、もしも自分の仕事がなくなってしまったら、どうするんだろう。そういうものに費やすお金が入らなくなってしまったら、何をして生きていくんだろう。

「そのときに、自分で物語を作るってどうなんだろうって思ったんですね」

「それは」

信号で停まって、野木さんがちらりと助手席の私を見た。

「つまり、これからの生き方を考えたときに、いきなりそう思ったってことですか。物語を作ろうと」

「そうです」

そう思ってしまった。

本当にいきなりで、ものすごく唐突で、自分でも何だそれは？　って思ったのだけれども。

「それで、初めて小説を書き始めました」

文章を読むのは好きだったし、そして書くのも得意だった。会社でも社内報やサイトに載せる文章を書いたこともある。上手だねって言われたことは多々あるし、書くのがものすごく早いねって言われていた。

「何の迷いもなく、小説を書き始めたんです」

自分の中に文章があるのは、考えるまでもなくわかっていたんだと思う。そして、物語ってどうやって書けばいいんだろうなんてことも、一切考えなかった。

書けたんだ。

どんなものを書こう、なんてことも迷わなかった。

身の丈《たけ》に合っていたというか、自分の暮らしの中のことをそのまま物語という形に、フィクションに昇華《しょうか》して書き始めたら、あっという間に書けてしまった。もともとタッチタイピング、ブラインドタッチができたから、たぶんかなり早いと思う。

そして、書けたんだから、物語ができあがったんだから、何かしらの結果みたいなものは欲しいと思った。

出版社の新人賞を探して、できあがった物語に合うものを選んでそれへの応募を決めて、規定に合わせて少し書き直して、応募した。

「それが、土日含めて十日間の休みの間にやったことだったんですよ」

「十日で小説を丸々一本書いたんですか」

「そうなんです」

何日でどれぐらい書けるものか、という基準みたいなものもまったくわからなかったから、後から編集者さんと話したときには、それはかなり筆が早いですねって驚かれた。

そうか、タイピングは速いっていうのは自分でもわかっていたけれど、筆も早いのか、って。

そもそもの実力があったのか運が良かったのか、たぶんその両方です、とも言われた。小説家としてデビューできた人は、大体の人が運が良かったんだって言うそうだ。

私もそう思う。本当に、運だけで受賞できたんじゃないかって思ってる。

「しかし、あれでしょう。小説家としてデビューできたとしても、それだけでＯＬ時代の給料以上のものが入ってくるとは限らないですよね」

もちろん、そうなんです。

新人賞を受賞した作品が本になって、初めて印税というものが入ってくることはわかったけれども、それはもう今までのお給料のせいぜい二ヶ月分とか三ヶ月分ぐらいなもので。それ以外の収入というのは、今現在、ほぼ、ない。

他の出版社からうちでもぜひ、ってお話は来たけれども、それはすべて書き下ろしというもので、書き下ろしとはつまり全部書いて本になって初めて印税が入ってくるので、原稿を書いている間は一切お金は入ってこない。

「給料のように入ってくる原稿料というものは、月刊誌なんかの連載の仕事が入ってこないとないですからね」

「そうなんですよね」

私は受賞して編集者さんにいろいろ話を聞いて初めて知ったんですけど、野木さんはご存じだったんですね。

「でも、貯金も多少はありましたし。部屋さえ安いところを見つければ、当分の間は何とかなるかなって」

小説家になれたとしても実質は、無職。

そして病を抱《かか》えてしまった私はそれでもできる他の仕事を、今のところは見つけられそうもない。探してはみるけれども。

今までのマンションの家賃は、会社を辞めたらとてもじゃないが払っていけるものではなかったから、安くて、でも身体のためにもいろんな意味で環境の良い部屋を探さなきゃならない。それで、野木さんが薦《すす》めてくれた。

野木さんの会社が持っていた物件。

〈マンション　フォンティーヌ〉

東武伊勢崎《とうぶいせさき》線鐘ケ淵《かねがふち》駅徒歩八分。墨田《すみだ》区にある二階建ての小さなマンション。

墨田区には今まで来たことはほとんどなかった。東武伊勢崎線にも乗ったことない。

でも、もう会社勤めではないんだから、場所はどこでも良かった。東京で住んでみたいところなんて特にはなかったし。

日々の買い物ができる、歩いていける商店街があればとりあえずは充分。部屋も広くなくてもいいし、オシャレじゃなくても新しくなくてもいい。

とにかく安くて、かつ心も身体も安心して暮らせるところ。

それだけで良かった。

「あえて訊《き》きませんでしたが」

野木さんがまっすぐ前を見たまま言う。

「はい」

「そうやって小説家としてスタートできたのに、埼玉にあるご実家に帰るという選択肢がなかったのは、何かご事情があったのでしょうかね。埼玉なら東京での打ち合わせとかにも不都合はないはずですが。今回、保証人はお兄さんでしたよね」

うん、そうなんですよね。

「それほど深い事情というのではないんですけど」

実家には両親と、そして兄夫婦が住んでいる。可愛い姪《めい》っ子と甥っ子もいる。二人とも私のことを大好きでいてくれるし、私も大好きだ。溺愛《できあい》してる。

「実家は、兄が結婚したときに少し改築して、なんちゃって二世帯住宅みたいになっているんですよね。それで、私の部屋はもうとっくになくなっていて」

「あ、そういう感じですか」

「別に仲が悪いとかじゃないですけど、それで、なかなか戻りにくいというのはありまして」

戻って戻れないわけじゃなかった。親はもちろん帰ってきてもいいって言ってくれたけれど、戻っても、以前のような自分の部屋はもうない。寝るのも、親の寝室に一緒に寝ることになってしまう。

さすがにそれは、キツイ。実家に帰ったのに余計なストレスを抱え込んでしまうのは目に見えている。

「そのまま、一人暮らしを続けざるをえなかったんです」

なるほど、って野木さんが頷く。

「不動産屋ですから、借り主さんのいろいろな事情を知ってしまうことが多いんです」

「ですよね」

　お金があって身元さえきちんとしていればどんなところでも借りられるだろうけど、不動産屋さんとしてはおかしな人に借りてほしくはないだろうし、事件なんか起こしてもらっても困るだろうし。

「商売でやっていることですから、基本は借り手さえ、買い手さえつけばいい。でも、部屋というのは、自分の家というのは、暮らしの、人生の基本となるものですよね」

「人生の、基本ですか」

「どんなことがあっても、自分が帰る場所、安心して寝られるところがあれば明日はやってくる。何とかなると思えるものじゃないですか？」

　寝るところさえあれば。

　そこで、しっかり休めるのであれば。

「はい」

　そうだと思う。

　本当に。

「私たちは、できれば、自分たちが提供する部屋が、家が、その人にとってそういうところになってほしいと思っているんですよ。そう思いながら、毎日毎日部屋を提供しています」

　野木さんが、小さく頷きながらそう言う。

「いいですね」

とても、素晴らしいことだと思う。商売だけれども、自分の仕事に誇りを持っている。そういうのが、伝わってきた。

「〈マンション　フォンティーヌ〉は、きっと羽見さんにとっての、良い〈帰る場所〉になると思いますよ。私が保証します」

マンションには駐車場がないので、近くのコインパーキングに車を停めて、そこから歩いてすぐ。

「ほんの二、三分です。そこの角を曲がると商店街なのでそっちを歩きましょう」

いい感じの商店街。入口のところに古くさい感じの三角形の看板が出ていて、狭い道路の両側にお店が並んでいる。

「規模は小さいですけれど、大抵のものは手に入ります」

「本当ですね」

お肉屋さんの隣には八百屋《やおや》さん。その向かい側には喫茶店に、洋装店。美容院に、金物屋《かなものや》さん。本当に何でもありそうだ。そして、買い物には中途半端な午後二時過ぎっていう時間なのに意外と人が多く歩いている。

「駅への通り道ですからね。夜中でもそれなりに人通りはあります。マンションはこの裏側の道ですけれど、夜はここを通り道にした方がいいでしょうね」

「そうします」

商店街から、カフェの角を右に曲がる。

「その白い建物ですね。入口は向こうの通り側です」

二階建ての白く塗られた建物。こちら側の壁には部屋の窓しかない。その窓も、写真で見たけれども少し変わっている。十字に窓枠が入っていてクラシカルな感じ。

そして壁もただのコンクリートじゃなくて、何かデコボコしているのはそういう外壁の塗り方？　造り方なんだと思う。

「何せ古いですからね。塗り替えてはいますけれど、建てられた当時のままです。あの窓に付けられている柵も古さを感じるでしょう」

「でも、オシャレです」

行ったことはないけれど、ヨーロッパとかの古い街並みにある建物に、ああいう曲線で作られた柵がよく使われていると思う。

「そこですね」

通りに面してある、真っ白でアーチのある入口。本当に、フランスとかにある建物みたいだ。アーチの脇に階段がある。

「このアーチの上の部分も部屋なんですね？」

「そうですよ。ここは管理人室に使っている部屋になりますから、入れないですけれど。管理人と仲良くなってお邪魔《じゃま》できれば別ですが」

管理人さんがいるマンション。でも、大きいわけじゃない。部屋数は全部で十戸しかなくて、そのうち大家《おおや》さんと管理人さんで二つを使っているので、入居できるのは八戸、八部屋。

今のところは五戸が埋まっていて、私が残りの三戸のうちのひとつにこれから入居する予定。

「先にお部屋を見ますか、それとも大家さんにお会いしてからにしましょうか」

マンションの持ち主である大家さんと、一度は会って話をするというのは、契約の時の条件。少し変わっている条件だと思うけど、大家さんも同じマンションに一緒に住んでいるのだから、入居前にどういう人であるかをきちんと知りたいんだそうだ。野木さんが仲介している以上はそこで断られることはないって話だけれども。

まだ契約前だけど、もうほとんどここにするって決めている私。

「お部屋を見せてもらいます」

さんざん写真で見たし、何よりも野木さんの推《お》しを信じ切ってここにするって決めているけれども、実際に部屋を見たら気が変わるかもしれない。

でも、もう既《すで》にそんなはずはないって思ってる。

アーチをくぐって、ぐるりと部屋に囲まれたそこは石畳が敷き詰められた中庭になっていて、真ん中に小さな丸い噴水がある。梅雨《つゆ》も明けて、七月のもう夏の陽射《ひざ》しが強く当たって、水がキラキラと輝いている。

噴水の真ん中には水瓶《みずがめ》を持った少女の像。少女が持つ水瓶から水が流れている。中庭のあるマンションなんて初めて見た。

お部屋の玄関は全部その中庭に面していて、木製の扉。その横に小さなバルコニーのようなものがついていて、そこにも美しい曲線を描く柵。玄関周りにだけ、小さな芝生《しばふ》のスペースがあって、細長い花壇もある。

写真で見た通りの、本当にフランスかどこかの街にありそうな建物。アーチをくぐった瞬間にどこでもドアでパリにでも来てしまったように思える。フランスには行ったこともないけれど。

「想像以上に、フランスとかヨーロッパですね」

「そうでしょう？　私も来る度《たび》にそう感じています」

私が入るのは、八号室。入口の向かって左側。管理人さんが住んでいる部屋のお隣。角部屋。

角部屋の玄関のところだけが壁が斜めになっているので、この中庭は上から見ると四角形じゃなくて八角形になっているんだ。

「ご覧の通り、中庭があるので陽当たりはどの部屋も抜群です。洗濯物も、バルコニーに干しても構いません」

「いいですよね」

中庭だから、基本は住んでいる人しか入ってこない。もちろん、郵便とか宅配便の人たちは別だろうけど。

「じゃあ、お部屋へ」

野木さんがスーツのポケットから鍵を出して、木製のドアの鍵穴に差し込む。

「もちろん鍵は換えてありますし、古いものではないですよ」

開けると、中が明るかった。窓からたくさんの陽が射し込んでいるんだ。

「内装も壁の塗り替えや床のメンテナンスはしていますけど、基本的には建てた当時のままです」

床は、どこかのお店でしか見たことないような黒い木の床材で、一枚一枚が大きい。そして、しっかりしている。きっと分厚いんだと思う。壁は本当に淡いクリーム色。一階は本当にすとんとした四角い広い部屋の壁際にキッチン、奥にはトイレとお風呂。部屋の隅に壁に沿った階段があって二階へ。

「二階も一部屋ですね。ベッドと机を置いてカーテンで仕切るとか、そういう使い方をする人が多いです。天井にレールなどを付けられますから」

「はい」

いいお部屋。写真で見るより、ずっといい雰囲気。築六十年になるのに、入居した人は出たがらないっていうのがよくわかる。

「決めます。契約します」

野木さんが、微笑んで頷いた。

「では、大家さん。リアーヌさんに会いましょうか」

「はい」

大家さんは、フランスの人だったリアーヌ・ボネさん。日本に帰化していて日本名もあるけれども、普段からフランスの名前で過ごしているんだって。

このマンションも、実はリアーヌさんが幼い頃に過ごしたパリのマンションを模して造られているんだってところは野木さんから聞かされてた。

部屋から出ると、明るい陽射しの中、中庭の真ん中の噴水のところに男の人がいた。

「あぁ、嶌谷《しまたに》さんだ」

しまたにさん？

「ちょうどいい。紹介します」

噴水に向かって歩き出したら、しまたにさんも気づいて、噴水のところで何か作業しようとしていたのを止めて、立ち上がった。

「嶌谷さん」

「野木さん。お疲れ様です」

大きな人だ。きっと一八〇センチ以上ある。短髪で、彫りが深い。この陽射しの中、暑いのに長袖のシャツに作業着のジャケット、ジーンズというラフな格好。シャツは紺《こん》色に小さな花柄でとても素敵なんだけど、暑くないんだろうか。

「嶌谷さん、こちらお隣の八号室に入居予定の羽見さんです。羽見さん、ここの管理人をしている嶌谷さんです」

管理人さんだったんだ。

「初めまして」

微笑むと、彫りの深い顔がちょっと子供っぽい笑顔になる。格闘技でもやっていたのかなって雰囲気の体つき。

「嶌谷さんの嶌は山かんむりに鳥の、嶌なんですよ」

一瞬思い浮かばなかったけれど、わかった。好きな歌手の手嶌葵《てしまあおい》さんの嶌だ。

「私は、羽に見る、で羽見なんです」

嶌谷さんも、一瞬考えるような表情をして、頷いた。

「お二人とも少し変わった名字で、鳥に関係していますね」

野木さんがそう言うので、二人で少し笑ってしまった。確かにそうだ。私は、漢字自体は簡単なのに、はねみ、と言っても誰もすぐに漢字が思い浮かばない珍しい名字。今まで親戚以外で同じ名字の人に会ったことはない。

「実は、嶌谷さんも二月《ふたつき》ほど前に管理人として来たばかりなんです」

「あ、そうなんですね」

はい、って嶌谷さんが頷く。

「前の管理人さんは、近藤《こんどう》さんというご婦人だったんですが、もう八十を過ぎたご高齢でしてね。身体に無理が利《き》かなくなって、施設の方に入られることになりまして、この嶌谷さんが新しくやってきました」

嶌谷さんは、きっと野木さんとそんなに変わらないようなお年じゃないかな。たぶん、四十代。

四十代の働き盛りの男性が、マンションの管理人になるというのはどういう経緯があったんだろうってちょっと考えてしまった。

それに、嶌谷さんは返事しかしていない。無口な方なのかな。

「お話ししましたけど、羽見さん」

「はい」

「築六十年です。あちこちガタが来ていますので、いろいろ不具合が出てくる場合があります。たとえばボイラーの調子が悪いとか、大雨のときに窓枠から雨水が染みてきたとか、そういうのです」

聞かされていた。とにかく古いのでいろいろある。その代わりに、家賃は格安。

「何かあれば、その都度嶌谷さんに言ってください。彼はいろんな資格を持っていまして、大抵のものなら修理できます。もちろん、借り主さん側の不注意による破損以外は、費用は掛かりません」

「水道とかガスとかそういうものも」

「もちろん業者が入ることもありますけれど、一応は、全部嶌谷さんを通してくれれば大丈夫です」

それは、頼もしいかもしれない。

「あ」

着信音。

野木さんのスマホに電話が掛かってきた。

「ちょっとすみません。出ます」

「どうぞ」

すみません、と頭を下げながら野木さんは私たちから離れて、電話に出た。嶌谷さんは、噴水のところで何をしようとしていたんだろう。

「噴水の掃除か何かですか?」

「あぁ」

微笑んで、噴水を見た。

「やはりゴミとか葉っぱとか、そういうものが溜《た》まっていくんですね。水自体は循環しているんですが、やはり汚れてるのは見栄えも悪いですから、週に一回は軽く掃除をします。そして一ヶ月に一回は、水を抜いて全部を掃除します」

「そうですか」

管理人の業務って、きっとたくさんあるんだろうと思う。

「全体のお掃除も、全部」

「そうですね。毎朝、中庭を掃いているのが見えると思います。屋根や雨樋《あまどい》などの点検や掃除もしますから、そのときは天井から音がするかもしれません。事前にお知らせします」

それは、大変だ。前の管理人だったお年寄りの方は本当にきつかったんじゃないだろうか。

「ここの水って、水道水なんですか？」

「噴水の底に水道栓があって水を出していますね。そちら側の底に見えるでしょう」

そちら側に、って蔦谷さんが、手を伸ばした。シャツが引っ張られて、手首より上の腕まで見えた。

長い手。細く骨張った指に手首。

その手首の上の方に、見えた。

（入《い》れ墨《ずみ》？）

すぐに手を下げたので、それが一瞬見えたことに、嶌谷さんは気づかなかった。

確かに、入れ墨だった。それも、若い人がタトゥーって感じで入れるようなファッション的なものじゃなくて。

本物の、入れ墨。

嶌《しま》谷《たに》拓《たく》次《じ》

| 四十五歳 |

管理人

朝は六時に起きる。

スマートフォンの振動、バイブレーション機能で起きると、そこが自分の部屋だというのがすぐにわかって気持ち良く起きられることに気づいたのは、ここの管理人になってからだ。

面接の日に大家のリアーヌさんと話をしていて、朝早くきちんと起きられるかどうかと訊かれて、大丈夫と答えていた。

朝早く、そして規則正しく起きて寝るのはもう習い性のようになってしまっている。嫌というほど身体に染みついている。きっとシャバで普通に暮らしていたら身に付かなかったんじゃないかと思うぐらいにだ。

ただ、出所してからも、いつも目が覚めた瞬間には刑務所の部屋にいるように錯覚してしまって気が滅入《めい》る、というのを素直に話した。本当にそうだったからだ。それで十分ぐらい自分がもうシャバにいるんだからというのを自分に言い聞かせるようにして、ある意味ぼーっとしてしまっていると。

そんな話をすると、リアーヌさんが言ったんだ。「スマートフォンは持っているの」と。持っている、と答えた。

生まれて初めてのスマホだった。扱いを覚えるのにしばらくかかったし、今もあまり使いこなせてはいないし、手に持つのも何となくおぼつかない。平べったくて薄くて強く握ったら壊れてしまいそうで、そっと持っていると落としてしまいそうで緊張する。

前に出所したときには、普通の携帯電話しか使ったことがなかった。しかも短い期間だったので、メールさえまともに使えなかった。

「しんどうを使って、起きてみてはどうかしら」

「しんどう、ですか?」

しんどう、というのが振動のことで、バイブレーション機能のことを言っているのだと気づくのに少しかかった。

リアーヌさんは日本語がものすごく上手で本当にペラペラだが、発音のアクセントがところどころ違う。なので、いわゆる同音異義語が出たときにちょっとだけ考えてしまうときがある。

「私もね、ずっと振動で起きるようにしているの」

「そうなのですか」

「あの目覚ましのベルの音や機械音や、音楽などで起きてしまうとちょっとドキドキするのよ。びっくりしたりね。振動だとね、そういうのがないのよ」

何故《なぜ》ベルの音や機械音でドキドキするのかと思ったが、訊かなかった。

ある種のベルの音は、確かに俺のような服役経験者には嫌な気持ちになるものも、ある。刑務所の中に鳴り響くのがベルの音だからだ。だが、リアーヌさんが服役を経験しているはずもない。

リアーヌさんは七十八歳で、あの戦争のさなかにパリで生まれたと聞いていた。だから、いろいろあったのではないかと推察した。俺のどうしようもない人生よりもはるかに苦しく厳しい時代を生きてきたのだろう。ベルの音や機械音、たとえば日本で言う空襲警報のようなもの。そういう何かがトラウマのようになることも、きっと多かったのだろうと思った。

それで、ここの管理人室に住み始めた翌日すぐ、リアーヌさんのアドバイス通り、スマホのバイブレーション機能だけで起きてみた。

スマホを枕のすぐ脇に置いておくのだ。

俺の寝相《ねぞう》は、まったく悪くない。

これは服役して身に付いたものではなく、小さい頃からそうだった。寝相だけは大層良い、と親からも言われていたのを覚えている。

だから、寝ている間に寝返りなどで枕から頭を外してスマホに顔をぶつけたりどこかへ飛ばしてしまったりすることも、まず、ない。

静かに、起きられた。

振動を感じて、すぐに目が覚め、そしてここは〈マンション フォンティーヌ〉の管理人室、自分の部屋だということがはっきりわかった。

何度も出所してからの朝を迎えたが、その中で最高で最善の目覚めを迎えることができた。

これは、いい、と一人感動していた。

どうして振動だとそういうふうに起きられるかは、まったくわからないけど、良かった。本当にはっきりと起きられた。

それからは、いろんなことにスマホのバイブレーション機能を使っている。買ったスマホは、iPhoneだ。Apple WatchがあればiPhoneを部屋に置き忘れても近くなら電話もそれで受けられるらしいし、全部振動で知らせてくれる。

それに、いろいろ健康のチェックができる機能もついている。身体が弱っているときはそういうことがわかるととても助かるので、今はそれを買うことがひとつの目標になっている。きっと、節約して半年も働けば買えるんじゃないかと思ってる。

六時に起きて、朝飯を作って食べる。

トーストと、サラダと、目玉焼きにベーコンかソーセージ。

いつも同じにしている。飽きることはないが、目玉焼きは、日によって炒《い》り卵にしたりオムレツにしたりもする。昼飯もいつも自炊だ。部屋で作って食べる。和食でも洋食でも、自分で食べたことのあるものだったら、作るのにそんなに苦労することはない。大抵のものは作れる。美味《おい》しいかどうかは、人に食べてもらったことがないのでわからないが、まぁ食べられる味にはなっていると思う。

晩飯だけは、外に食べに行くことにしている。近所の美味しい店を探してあちこち回っている。管理人として常駐しなければならないのは、午後六時までだ。それ以降は基本的には自由なので、外に出た方がいいと言われて、そうしている。

もともと、手先が器用だった。

何かを作ったりするのに苦労したことがない。中学を出て鉄工所で働いていたんだから刑務所内での木工も金工も簡単過ぎて、俺にはもっと専門的なことをやらせた方がいいと、わざわざ手配してくれた程だ。

それが、出所してからの仕事探しにも役に立った。役には立ったが、それを何度も無駄にしているのも自分のせいだ。

ここの仕事は、管理人の仕事は、自分に合っていると思ってる。救われたと思ってる。リアーヌさんにも、それから紹介してくれた中嶋《なかじま》社長にも本当に感謝している。

マンションの掃除は、中庭は毎日する。屋根に上って掃除をするのは週に一回。周囲の舗道も毎日回って大きなゴミなどは拾う。

噴水も、毎日見て回るし、落ち葉などが入っていたら掃除する。噴水があるマンションなんて見るのも初めてだったが、水音が常に聞こえているのはいいものだと思った。

水の流れる音というのは、気持ち良いと人間は感じるらしい。テレビ番組の何かで観《み》た記憶がある。本当だなと思った。冬はどうするのかと思ったが、凍結することは滅多《めった》にないのだが、やはり冬に水が流れているのを見るのは寒々しいので止めるそうだ。そのときにも、もちろん掃除は必要だ。

掃除は、好きだ。きれいにするっていうのは、気持ちが良い。

若い頃は事務所の掃除ばかりしていたこともある。あんまりにも俺が掃除道具をたくさん揃《そろ》えて掃除ばかりしているものだから、少しは適当にやれと怒られたこともある。

まぁ確かに、ヤクザの事務所がショールームみたいにどこもかしこもピカピカに磨き上げられて光っているのは似合わなかったかもしれない。

ボイラーやエアコン、暖房機なんかの掃除や点検修理もできる。ちゃんとボイラー技士の資格も持っているし、機械関係はお手の物だ。パソコンだけはちょっと無理だが、その他の家電関係の修理だってできる。もちろん、専門的なことになると業者に頼むことになるが、大抵のことはなんとかできる。

我ながら、ずっと刑務所に出たり入ったりしているのはどうしてだって思いたくなるぐらいに、いろんな仕事ができる人間だと思ってる。

だから、こういう古いマンションの管理人として、掃除や点検補修をずっとやっていればいいというのは本当にありがたいと思った。天職じゃないかと思うぐらいに、しっくり来る。

それに、言っちゃあなんだが、腕《うで》っ節《ぷし》は強い。あちこちガタが来ているらしくて体力がちょっと落ちてきてはいるが、今でも四、五人相手にしたって叩《たた》きのめす、いや軽くいなして追い払う自信はある。

俺を管理人にしたのは、それもあったらしい。

空《あ》き巣が入ったり、入居者をつけ狙った不審者がマンション内に入り込んだりといった事件がここ数年続いたらしい。

もちろんそれは警察の仕事だろうが、その前段階として俺のような屈強な男が管理人としてずっといることで、何かあったときの安心感が違うとリアーヌさんは言う。

確かにそうだ。

不審者なんざこの腕一本で押さえつけられる。

正当防衛なら、もしくは現行犯の私人逮捕ってやつなら、多少痛めつけてもこっちが逮捕されてまた刑務所に入れられることもないだろう。

そんなことはもうしないと思ってはいるが、入居者の皆さんを守るのも管理人の仕事だとなれば、徹底的にやる。

やらないに越したことはないんだが。

やってしまったら、怖がられて管理人としてここにいられなくなるかもしれない。それは困るので、できれば不審者も空き巣も強盗も、ついでに痴漢とか詐欺師とかも、このマンションには近づかないでほしい。

入居者の皆さんには、平和な日々を過ごしてほしい。

本当に、心の底からそう願っている。

だから、ここにいるときには、常に長袖の、それも少しサイズが大きいぐらいの柄物のシャツを着るようにしている。

リアーヌさんからも、そう言われて、シャツを買ってもらった。恐縮してしまった。十枚もの長袖の花柄みたいなシャツを貰《もら》ったのだ。

背が高くて顔も彫りが深いから、こういうものが良く似合うと言われた。そうなのかと鏡を見ながら全部のシャツを着てみたが、まぁそうかもな、と思った。思えば刑務所にいるときを除けば、白いシャツなど着たことはほとんどなかった。

この上に作業着を着れば、大丈夫だろうと思った。たとえ噴水を掃除していてうっかり水に濡《ぬ》れたとしても、背中や腕に彫られた入れ墨が透けて見えることはないだろうと。

それでも、見られないように注意しなきゃならない。

たとえ務めを果たして出所した人間だとしても、そういう男が同じマンションに住んでいて管理人だとわかったら、いい気持ちはしないだろう。

＊

新しい入居者が決まりそうだと、リアーヌさんが言っていた。今日、不動産屋の野木さんと一緒に部屋を見に来るはずだからと。

入るのは、八号室で、管理人室の隣だ。

空き部屋の掃除も管理人の仕事だ。今まで空いていたのは七号室と八号室と五号室。週に二回は掃除に入る。部屋というのは、家というのは人が住んでいないとあっという間に煤《すす》けていく。

あれは、本当に不思議なもんだとずっと思っていた。同じ時間が過ぎているだけのはずなのに、人が住んでいるところはただ古くなっていくだけで、人が住まないと煤けて崩れていく。

野木さんが、話してくれた。

人気《ひとけ》がないと、家は消えていく。人がいることで、家は家として存在し続ける。だから、マンションの空き部屋も常に、定期的に掃除をして風通しをよくしていないと、いざ誰かが入居するときに、部屋の印象が悪くなってしまうのだと。

そう聞いたので、空き部屋の掃除のときには声を掛けてやるようにしている。野木さんもそれはとてもいいと思うと言っていた。人が住んでいる部屋には常に声がある。音がある。その音の響きは空気を伝わり家や部屋に伝わる。

それが、家や部屋を生きたものにするのだと。

なるほどな、と納得した。確かにそういうものかもしれないと。人気が長い間ない家や部屋ってのは、無音なんだ。

刑務所の部屋ってのもそうなんだ。あそこは確かに人はいるが、音はない。生活の音は、ほとんどしない。

しーんとしてるんだ。部屋が、生きてないんだ。

そういう感じは、ずっと思っていた。シャバに戻って人が普通に暮らしている家や部屋に入ると、あぁ生きているところに戻ってきたって、何度も思えた。

「人が入るぞ。良かったな」

八号室。

伸びるモップで天井から壁からどんどん拭《ふ》いていく。埃《ほこり》を吸着するモップだが、どうしたって埃が舞って落ちてくるから、それが落ち着くまで窓ガラスや台所なんかの拭き掃除をしていく。トイレもお風呂も拭き掃除をする。水も流していく。

水が多少もったいないが、下水管も水を流しておかないと臭いが溜まってしまうこともある。

最後に床にモップをかけながら言う。

「若い女の子って話だから、賑《にぎ》やかになるかもしれないぞ」

いや、物静かな女の子かもしれないし、ひょっとしたらそんなに若くもないかもしれないが、少なくとも俺よりは若いはずだ。

「隣だから、俺と顔を合わせることも多いかもしれないな」

女性の一人暮らしは、一号室の坂東《ばんどう》教授だけだった。男性の一人暮らしは、四号室の貫田《ぬきた》さんだけだ。

「あ、いや」

俺もか。

そういえば自分も男の一人暮らしだった。貫田さんだけじゃないし、リアーヌさんも女性の一人暮らしと言えば、そうだった。

リアーヌさんの場合は、〈大家といえば親も同然〉という古い落語の言葉をそのまま実践しているような人だ。入居者皆を家族のように思っている、ようだ。それを開《あ》けっ広《ぴろ》げに態度に表すこともないし、やたらお節介をするようなこともないのだが。

あとは、二号室の鈴木《すずき》さんも、三号室の三科《みしな》さんも、六号室の市谷《いちがや》さんと坂上《さかがみ》さんも家族で、家族として、暮らしている。

「少なくとも、そんなにわけありでもなさそうだからな」

〈マンション　フォンティーヌ〉は、一部屋か二部屋は、必ず空けておくことにしているそうだ。これは、入居者の皆さんは、知らない。ただ部屋が空いているな、と思っているだけだ。まさかわざとだとは思っていない。

管理人である人物にはきちんと教えておく。そしてそれは他の人に言ってはならない。言ったところで何か罰則があったり、クビになったり、何か危ないことになるわけではまったくないが、言わないでほしいと。

二部屋は、何か事情があってやってくる人のために空けておいているんだと、リアーヌさんは言う。

何となくわかるし、ニュースで聞いたこともある。

シェルターってやつだろう。

長い間刑務所にいた奴がニュースなど観られるのかと思われるが、検閲《けんえつ》はあるものの観ることはできる。テレビは観られるし、雑誌だって新聞だって読める。マンガや小説だって読める。

世の中のことを知るものは、ネット以外はほぼなんだってある。

シェルターというのは、ＤＶなんかで女性が逃げて一時避難するようなところだ。そういうところをきちんと設けている市町村とかもあるだろうし、ＮＰＯとかで用意してあるところもあるって話だ。

そして、リアーヌさんのように自分の持っているアパートやマンションなんかを提供する人もいるってことだ。

その話を聞かされたときに、今入居している人たちも、何かわけありなんだろうかと思ってしまったが、そうでもないようであり、そのようでもあり。

まぁ、自分がいちばんわけありだろうと自嘲《じちよう》したが。

「よし」

八号室を出る。鍵を掛ける。

当たり前だが、全室の合鍵が管理人室には置いてある。自分がこの鍵を全部扱えるのだと思うと、鍵束を持つ度に緊張する。

しっかりしなければ、と思う。

もう二度と、刑務所に入るような真似はしないとその度に心に刻む。

中庭を歩く。

陽射しが夏だ。

本当に別世界のような中庭。ここにいると、行ったこともない外国にいるような気分になる。自分が映画の中の主人公になったような気もする。

それが、いいなと思っていた。

まったくの別人になって、ここで働いているような気持ちになれて、今までの愚《おろ》かな自分が融《と》けて消えてしまっていく、ような気がする。

本当にそうなってしまえたらいいのに。

一度部屋に戻って掃除道具を取り換えていたときに、開けた窓の向こうから話し声と物音がした。

聞き覚えのある男の声は、野木さんだ。

「来たか」

新しい入居者。

八号室に入っていったな。

きれいに掃除をしたばかりだから、きっと気に入ってくれるだろう。きれいに使ってくれると本当に嬉《うれ》しい。

バケツを持って、噴水へ向かう。

夏の季節の、水周りの掃除は楽しい。ましてや屋外では。水遊びをしているような気持ちになる。

もっとも、無邪気に水遊びをするような子供時代を過ごしたかどうかは、まったく記憶にないのだが。

杏子《きょうこ》を見ていたのは、もちろん覚えている。忘れたりしない。

海に行ったときに、あいつがそのまま海に走り込んで行こうとするのを慌てて止めたのも、浮き袋を抱えて一緒に泳いだのも、砂で何かを作っているのを、ずっと一緒に手伝ってあげたのも。

ここの噴水を初めて掃除したときに、そのときのことを、あの頃のことを、ずっと思い出していた。

「蔦谷さん」

来るだろうな、と思っていたので、ゆっくり立ち上がった。

「野木さん。お疲れ様です」

野木さんの後ろにいるのが、入居者の人だ。

細い女性だ。そして女性にしてはタッパもある。

スレンダーと言うんだったか。

ちょっと細過ぎるな、と思ってしまった。もっとたくさん食べて太れとは言わないが、もう少し肉をつけた方がいい。

「蔦谷さん、こちらお隣の八号室に入居予定の羽見さんです。羽見さん、ここの管理人をしている蔦谷さんです」

野木さんが、笑顔で紹介してくれる。この人の笑顔は本当に爽《さわ》やかだ。俺と同い年と聞いたが、とてもそうは思えないぐらい健康的で若くて爽やかだ。

はねみ、さん。

どういう漢字の名前なのか思いつかない。たぶん、二十代か三十代そこそこの女性。どんな職業なのかは、まるで想像つかない。

「初めまして」

挨拶《あいさつ》をする。できるだけ、愛想よく。

怖い顔をするとかなり怖いと言われるが、濃い顔をしているので笑えば愛嬌《あいきょう》があるとも言われる。だから、できるだけ笑顔を作る。

名前の漢字の話を少しする。

なるほど、羽を見る、で羽見さんか。それは珍しい名字だ。

俺の嶌谷も滅多に見かけない名前だが、それ以上に。

羽見さんは、普通の女性だ。大人しそうな雰囲気はあるが、きちんと会話ができる。

掛かってきた電話に出て少し離れていった野木さんが、戻ってきた。

「すみませんでした。嶌谷さん」

「はい」

「羽見さんは、これからリアーヌさんのところに行くんですが、ちょっと掃除を後にして一緒に行きませんか。羽見さんは、嶌谷さんのお隣になるし、嶌谷さんは管理人ですから一緒にお話を」

「いいですよ」

リアーヌさんは、入居する人たちと、必ず最初に話をする。お茶会をする。きっと今も、飲み物の用意をして待っているんだろう。

＊

〈マンション　フォンティーヌ〉の全十室は、一階がない九号室の管理人室を除けばすべて似たような造りなのだが、大家であるリアーヌさんが暮らす十号室だけが、少し違う。

九号室の管理人室と、ドア二枚を隔《へだ》てて繋《つな》がっている。

二枚というのは、電車の繋ぎ目のところと同じような感じで、だ。真ん中に幅五十センチぐらいの空間がある。

このマンションができあがった頃は、リアーヌさんは旦那《だんな》さんと少しだけ暮らしていたそうだ。なので、今は九号室となっている管理人室も続き間として使っていたらしい。

一人暮らしになり、管理人を置くようになってからドアを新しく二枚付けて、アーチの上の部屋を管理人室としたそうだ。壁を造ってしまえばとも思ったが、年寄りになった今となっては、何かあったときに管理人室からも入ってきてもらえるので良かったと思ってると。確かにそうだ。二枚のドア越しに隣の音や声が聞こえてくることはほとんどないが、気配というものは感じられる。何かあれば、きっと気づける。

リアーヌさんが、アイスティーを出してくれた。紅茶を淹《い》れて自分で作るアイスティーだ。前にもここで飲ませてもらったが、とてつもなく美味しかった。人生のうちでアイスティーなど数回しか飲んだことがないが、段違いの美味しさだった。

思わず、どうやって作るのかを聞いてしまった程に。

美味しく作るコツは、氷と勢いだそうだ。美味しい氷を作っておいて、勢い良く紅茶を注げばできあがると。

そして美味しい氷を作るコツは、一晩置いた水道水を使うことだそうだ。それだけで、普通に作った氷とは格段に違う氷ができる。

年月を重ねた調度品ばかりで囲まれているリアーヌさんの部屋は、落ち着いた雰囲気が漂《ただよ》っていて、好きだ。

猫足と言うのだそうだが、くるっと回ったような脚の造りの布張りのソファと木のテーブル。何もかも昔のフランスで使われていたものばかり。

どこか、ホッとする。

「リアーヌ・ボネです」

羽見さんに向かって言う。

「初めまして。よろしくお願いします」

「こちらこそ。決められたのよね？」

笑顔で羽見さんと野木さんの両方の顔を見て言うと、野木さんも羽見さんも頷く。

「この後、会社に戻って契約書にサインをしてもらいます」

「良かったわぁ。あの部屋、空いてからもう二ヶ月、ちょうどあれよね、蔦谷さんが来る日に空いたのよね」

「そうでしたね」

何があったわけではなく、単なる偶然だったのだが、そう聞かされた。前の住人の引っ越しの理由も、転職して故郷の方に戻るという普通の理由だった。

「私はね、日本名は如月理亜音《きさらぎりあね》と言うの。こういう漢字」

カードを示す。この名刺より少し大きめのカードは前に見た。名前を説明するときのために常に用意してあると、言っていた。

「もちろん、本名よ。夫が如月という名字だったの」

「きれいな名字ですね」

羽見さんが少し微笑みながら言う。俺もそう思った。ただ、この部屋の隅のテーブルに置いてある写真立ての中の旦那さん、如月岩雄《いわお》さんは、その名の通りにまるで岩石のように四角くいかつい顔をした男性だ。

金髪で、細面。そして身体の線も細く小柄なリアーヌさんとはあまり似合わないと思ったが、もちろん口に出したりはしない。

それに、これも訊いたり口にはしないが、この如月岩雄さんには、どこかカタギではない雰囲気が漂っている。

見た目は、いかついだけで普通の男性に見えるが、その手の人間にはどこか匂いが漂う。そういう匂いは、俺たちにしかわからない。

「羽見さんは、小説家になられたとか」

小説家？

そうなのか。そういう職業の人だったのか。少し恥ずかしげに羽見さんが微笑んで頷いた。

「本当にかけだしです。まだデビュー作しか出せていません」

「それでもすごいわ。物書きの方は二人目ね。このマンションに」

「二人目ですか?」

坂東教授のことだな。

「一号室にね、坂東さんという方がいるの。ここにもう三十年も住んでいるいちばんの古株さん。M大の教授先生なのよ。小説ではないけれど、自分の研究書の他にエッセイ集も出されているわ」

「そうだったんですね」

坂東教授、何度か顔を合わせ他愛《たあい》ない会話を中庭でしているが、とてもおもしろそうな女性だ。

「あれね、小説家として暮らすのなら、ほとんどお部屋にいることになるわね」

「たぶん、そうなると思います」

「この辺の美味しいお店なんかはね、嶌谷さんもかなり詳しいから教えてもらうといいわ」

苦笑いする。

「私も、そんなに日が経っていませんが、自分が美味しいと思った店はいくつもあります」

「あとで地図を貰うといいわ」

「地図ですか?」

「作っているのよ蔦谷さん。ご近所の地図を」

それも、リアーヌさんに言われてやっているものだ。

「ここで管理人をしていると、外に出なくなるから世間が狭くなると言われましてね」

自分で手書き地図を書き、そこにお店やら何やらを書き込んでいく。

「美味しい店、桜のある場所、公園などなど、休みの日にとにかく歩いていろいろ探しています」

随分とこの辺に詳しくなった。

派出所にいる同年代の警官とも顔見知りになった。向こうはまだ俺の素性を何も知らないので、ただここの管理人と思っているが、そのうちに話しておこうと思ってる。

「コピーして、お渡ししますよ」

「ありがとうございます」

「もしも、ここを訪ねることが多くなる人がいるようなら、予《あらかじ》め蔦谷さんに言っておくといいわ。余計な心配をしないで済むから」

「あ、そうですね」

どうしても中庭に入ってこなければならない。つまり、敷地内に入らないと部屋を訪ねることもできないのがこのマンションだ。

中庭をうろうろしているのを見つけたら、立場上俺は監視というか、見ていなきゃならない。不審者ではないかと疑わなきゃならない。

たとえば、親がよく来るからとわかっていれば、そういうこともしなくていい。

羽見さんが、少し考える。

「今のところ、頻繁《ひんぱん》に来るような人はいないし思いつきませんが、もしかしたら担当の編集者さんなどは来るかもしれませんね」

「編集者さん？」

小説家の家にわざわざ来るのか。原稿とかを取りに来るのか。羽見さんは原稿を手書きでしているとかか。

「あ、そういう話をしたんです。デビュー作の担当編集の方は、年齢もわりと近くて女性で、しかも一駅向こうなんです、自宅が」

「あら、偶然ね。東向島《ひがしむこうじま》？」

「そうです。なので、決まったらお部屋で打ち合わせとかできますね、なんて話していて」

なるほど。東向島は確かに一駅向こうだ。

覚えておこう。

「私もね、ほとんどいつでも部屋にいますから。出かけるのは毎日の散歩を兼ねた買い物のときぐらい。遊びに来て頂戴。何かあったらいつでも言ってきて」

リアーヌさんは、話し好きだ。聞くのも話すのも好きだ。

夏のうちに、中庭でバーベキューを皆でしたいと言っている。毎年、一回か二回はしているそうだ。その準備は、管理人の仕事になるとか。たぶん来月早々にはやることになるだろうから、羽見さんもそのときには他の入居者と顔を合わせられるだろうと思う。

リアーヌさんの部屋を出る。

少し時間が過ぎてしまったが、噴水の掃除だ。その後は、何もないのでゆっくりやればいい。

「羽見さんの入居日が決まれば、お知らせしますのでお願いします」

野木さんが言うので、頷く。ここは駐車場がないので、引っ越しのトラックは路上駐車になる。狭い道なので、その間は管理人がコーンを置いて、警備員よろしく様子を見なければならない。

「了解しました」

お願いしますと、羽見さんも歩いていく。

野木さんが、一度振り返った。

「蔦谷さん、今度ナイターを観に行きませんか」

ナイター？　野球か。

「野球、お好きですよね」

「好きですが」

「チケット貰えるんですよ。あとで連絡します」

じゃあ、と歩いていく。小走りで、羽見さんに追いつく。

野球は、好きだ。だがナイターなど、もう何十年も観に行ってない。しかし、野球好きなんて話はしていないはずだが、何故知っているんだ野木さんは。

貫田《ぬきた》慶一郎《けいいちろう》

| 三十三歳 |

海外送金所勤務・通訳

日本に、友人はいない。

まぁ同じ会社で働く人たちは皆同僚で、知り合いといえば知り合いだ。

何度か飲みに行った連中もいるし、話の合う、気の合う奴もいる。だから、友人っていやぁ友人だろうけど、まだただの同僚だ。友達ですと正面切って言えるような間柄にはなっていない。

それに、一緒に飲みに行ったのは全員日本人じゃないしな。

ズンはベトナム人で、リンは中国人。ルーカスはブラジル人で、アダムはドイツ人。他にもフィリピンやルーマニア、ジャマイカもメキシコもいる。

国際色豊かな職場だ。日本人の同僚も全体の半分ぐらいいるけれども、飲みに行ったことはまだない。別に避けてるわけじゃなくて、本当にたまたまだ。俺の勤務体系が日本人の正社員の連中とは多少違うというだけ。

でもまぁ、日本人じゃない方が気が楽だってのも、ある。

日本じゃない国から、この国にやってきて頑張って働いている人たちと片言《かたこと》の日本語や慣れない互いの母国語でわいわいやる方が、何の抵抗もなくすんなりと付き合える。実際、日本人とまともに日本語で会話するのは、何か疲れるんだ。

俺もそうだからな。

外国からやってきて、この国で働く外国人。日本の国籍は持っているから日本人でもあるわけだけど、生まれてから三十三年間、その間で日本に住んでいるのはまだ三年とちょっとだ。だから、幼馴染《おさなじ》み《な》も同級生もこの国には誰一人としていない。親戚はどっかに何人かいるらしいが、会ったこともないし、たいして会いたくもない。

まぁでも、最近は日本語を日常的に使うことにも多少は慣れてきたか。

さすがに三年も住んでいればな。

難しい言葉や知らない単語にはちょっと迷うことはあるし、発音がどこか日本人と違うっぽいのは、見た目が明らかに外国人とのハーフだから許されるだろうし、強《し》いて直そうとも思わない。

三年か。

三年も経ったか。

まるっきり何の罪も犯していないとは言わないが、トカゲの尻尾《しっぽ》切りみたいにされて身代わりに逮捕されて、生まれた国で犯罪者になってしまって。

何もかも嫌になって、逃げるようにして日本に来た。

故郷とは言えないし言いたくもないが、少なくとも言葉を不自由なく話せて自分の国籍のある国だ。そもそも名前も純和風だしな。今のところは目立たずに済んでそこだけは親父に感謝してる。

このままこの国に骨を埋《うず》めるのだけは勘弁だな、と思うが、じゃあこの先にどこの国に行くかというあても、そこで何かをしようという目標もない。

とりあえずの夢も希望もない。その代わりの絶望もないけどな。

今は、ただ生きているだけの自分だってのは、わかってる。わかってるけど、何とかしようという気になりそうもない。

とことん安全安心な国というのだけは、本当に気に入ってる。

荷物を抱えていなきゃならないこともないし、酔っぱらってその辺で寝転がってても身ぐるみ剝《は》がされることもない。

ただ正直、誰もが皆同じように口がポッカリと開いたトートバッグみたいなものを持って歩いているのには、初めて来たときには眼を剝《む》いて驚いた。どこぞの国なら、スリし放題じゃないかって。

女が一人で夜中に歩けたり、小さな子供が一人で電車に乗って通学したり、自動販売機がズラリと並んでいても、誰も壊して金を奪わなかったり。

良い国なんだか、ボケまくってる国なんだか。

感心したり呆《あき》れたり、そういう日本に慣れちまってる自分がいるのにも、気づいているよ。

「じゃ、今日はこれでお先に失礼しまーす」

「ア、オツカレサマー」

「ケイ、オツカレサマー」

慶一郎《けいいちろう》を外国人に発音させるのは、できないことはないけど長過ぎて酷《こく》だし面倒くさい。まして や貫田なんて誰も正確に言えない。ルーカスなんてニキータ！ってなる。俺は殺し屋じゃねえ。純粋な日本人でさえ「貫田って言い難《にく》いですよね」ってなる。確かに貫田ってちょっと言い難いよな。

なので、ケイでオッケー。

新宿駅《しんじゅく》の交差点のところ、赤信号で並んだときに、ふと何か感じて横を見ると眼が合って、思わず二人して、あ、って口を開けた。

「どうも」

「こんばんは」

午後の五時過ぎはこんばんはか、こんにちはか、未《いま》だに迷う。

「もう仕事帰り？」

そういや、この辺の何かのショップの店員さんだったよな。

「今日は早上がりだったんです」

坂上さん。六号室に来た坂上麻実奈《まみな》さんだ。人の名前と顔を覚えるのは天才的に得意なんだ。一度会って聞いたら絶対に忘れない。

俺は四号室。同じマンションに住む住人同士。

ただ坂上さんは、それまで六号室に一人で住んでいた市谷さんの部屋で同居するようになって三ヶ月ぐらいだったか。

どうして同居することになったのかとか、プライベートなことは一切知らない。知らないというか、こうやって並んで歩くことも、ちゃんと話すことも初めてだ。引っ越しの挨拶に来たときに顔を合わせてはいるけれど、そのときは本当に挨拶だけだった。

「まっすぐ帰るの？」

帰るのなら、ずっと一緒に帰ることになるからそのつもりで歩くけれど。坂上さんは、ちょっと首を傾《かし》げた。

「今日、倫子《りんこ》さん遅いんですよ。会社の送別会みたいなものがあるんだって」

倫子さん、市谷さんは建設関係の会社の経理の人だったよな。もう入社して何年も経っているはずだから、そういうものも外せないんだろう。

「なので、どこかで晩ご飯を食べて帰ろうと思っていたんです」

そうか。

二歩歩く前に判断した。これは一応お誘いしてみるのも、近所付き合いってもんだよなって。

「俺はいつもどっかで食べて帰ってるんだけど、一緒に食べていきますか？」

「あ、良いですね。お邪魔でなければ」

「全然全然。一人より二人の方が楽しいですよ。何食べます？　この辺にしますか向こうに帰ってからにしますか」

「じゃあ、そこ曲がったところにあるイタリアンのお店でもいいですか？　前から入ってみたかったんです。っていうか、そこに行こうかと思ってたんですけど」

「イタリアンなら一人だとメニューあんまり食べられないしなーって？」

「そうなんです」

うふふって感じで笑う。できれば三、四人集まって食べたいよなイタリアンは。

「じゃあ、そこに行きましょう。俺見た目より大食漢《たいしょくかん》です」

「タイショクカン？」

違った。

「大食いです」

日本語は、親父にしか習っていない。どうも少し年寄りくさい言葉を使っているみたいだっていうのは、気づいている。

ワインをハーフボトルで。

茄子《なす》のモッツァレラグラタン仕立てに、今日の鮮魚のカルパッチョは鯛《たい》、若鶏のコンフィに、えーとペンネも食べたいな。あ、ニョッキの方がいいか。ニョッキにしようゴルゴンゾーラのニョッキ。

「まずは、その辺で」

もっと食べたくなったら追加する。

坂上さんは、お酒はあんまり強くないらしい。その代わりに自分もたくさん食べますって笑う。

ふわふわの茶色い髪の毛に、真ん丸い眼。女の子らしい丸みを帯《お》びた身体。柔らかそうな夏物のニットの白い大振りのセーターが似合う。こういう女の子を好きな男は多いよな。そういや、一緒に住んでいる市谷の倫子さんは、まるで正反対にスラッとしている。

「かんぱーい」

「改めてよろしくお願いしますー」

こちらこそ。

この店、良い雰囲気だな。赤と緑を基調にした店内の様子も込み具合もちょうど良い。今度会社の連中とまた来よう。

「貫田さん、下のお名前は」

あ、言ってなかったか。そういえば貫田です、としか挨拶しなかったか。市谷さんも知らなかったかな。

「慶一郎。慶應《けいおう》大学の慶に、一郎ね。古めかしい名前で申し訳ない」

「全然！　いいお名前ですよー」

よく言われます。立派な名前だって。フランス生まれだと言うと、そのギャップでまた驚かれる。

「あれ、坂上さん、市谷さんと一緒に住み始めたのってどうしてなのか、訊いてもいいのかな」

「いいですいいです。私たち同郷なんですよー」

「同郷」

「北海道。札幌《さっぽろ》出身なんです二人とも」

「あ、そうなの」

それは知らなかった。

そうか、市谷さん北海道の人だったのか。そして坂上さんも。雪国の人は色が白いなんてのは俗説っていうかほとんど迷信だろうけど、偶然だろうけど二人とも基本的に、色白だ。白人のような白さ。

「倫子さんが五歳上なんですけど、私たち小中高と同じ学校だったんですよ。被《かぶ》ったのは小学校だけですけど」

五歳差があるなら、そうなるね。

「でも、家が近くだったのでずっと知り合いだったんです。それこそ小学校の頃はほら、上級生が下級生を誘って登下校したりするじゃないですか。そのときに手を繋いでもらったりしていて」

「あるよね」

同意しながら、俺は日本で過ごしていないからわからないけどね、って思う。

でも、あるよ。パリでも同じ学校の上級生が下級生を誘ったりはしていた。そういうのは、きっと世界共通じゃないのか。

「え、じゃあ坂上さんが、東京に市谷さんを頼って来たってことかな」

ぶんぶん、って手を振った。

「まったくです。札幌にいた頃には、そんなに深いお付き合いではなかったので、倫子さんが東京に行ったのも知らなかったし。偶然、東京で再会したんですよー。それも羽田《はねだ》空港で」

「羽田で」

ちょうど一年ぐらい前に、まったく偶然に二人で里帰りしていて、同じ飛行機に乗って東京に帰ってきたのに気づかずに、モノレールへ向かう途中で互いに気づいたらしい。

「あれ、ひょっとしてって」

「それはまた偶然だね」

「すごい確率ですよね。それで、東京でも会うようになって、何だか急に仲良くなっちゃって。気が合ったんですよね。それでどうせ二人とも一人暮らしなんだし、家賃折半《せっぱん》したら楽だして倫子さんが言ってくれて」

「そういうことですか」

納得しながらも、その仲良くなった、ってところの深い意味合いを汲《く》み取った。いくら同郷で気が合ったからって一緒に住むところまで行くのは、それこそ段階ってものがあるはず。

お互いに、好きになったってことだよね。

愛し合ったってことだよね。

わかるんだ、俺そういうの。

不思議とさ。何か、人種の坩堝《るつぼ》みたいなパリで、しかも魑魅魍魎《ちみもうりよう》の世界の金融関係、外為《がいため》関係の仕事なんかしてきたせいかな。

人のそういうところって、外さないでわかっちまう。

そうか、いや実は二人が暮らしているのを見ていて、そうじゃないかなって思っていたんだけれど、やっぱりそうだったか。

二人の穏やかで幸せな暮らしを願っておこう。

いつまでも仲良く暮らしていけるように。俺にできることがあったら、ご近所のよしみだから何でもするよ。

できることならね。

「そういえば、八号室に人が入るって聞きました？」

「いや、知らない。入るんだ？」

「リアーヌさんが言ってました。たぶん決まるって。女性だそうですよ」

管理人室の隣か。

「あのマンションって、おもしろいですよね。雰囲気が素敵なのもそうだけど、住んでいる人が皆知り合いになるって、前のアパートでは考えられなかったです」

「あー、そうだってね」

それは多分にリアーヌさんの人柄というか、大家さんがそうだからなんだろうけど。

「実はその辺はよくわかんないんだ。俺、日本に住むのはあそこが初めてだからさ。日本のアパートとかマンション暮らしがどういう感じなのか」

「あ、そうなんですか。日本に住むのが初めてって、貫田さんって、ハーフですよね」

「そうですよ」

見た目からしてそうだから、素直に頷く。

「お仕事って、何されているんですか？」

「金融関係です」

ものすごい大ざっぱな言い方だけど。

「細かいことを言うと、海外送金専門の会社で仕事してます」

「海外への送金。銀行じゃなくて、専門の業者ですね。知ってます。そこの前をよく通りますから」

あ、そうか。あそこを通るんだね。

「あと、通訳もしていますよ」

「通訳ですか」

「フランス語に英語、ドイツ語、中国語にポルトガル語とスペイン語はいけますから」

スゴイ！　ってカルパッチョを口に運びながら、口に手を当てて驚く。うん、皆そういう反応をします。

「どうしてそんなに」

「ずっとフランスだったんですよ」

パリで暮らしていた。日本にいるとよくわからないだろうけど、パリは、多民族、多言語の街だ。ありとあらゆる国の人たちが暮らしていて、そこで生活をしている。

「周りの友人たちにいろんな人種がいたんでね。元々耳が良いみたい」

「あ、言語ってそういうものらしいですね。耳の良い人は覚えも早いってよく聞きます」

「そうみたいだね。そして仕事も外国為替関係でね。何カ国語でもいければいけるほど仕事ができたんで、自然にそうなった」

日本語だけは、親父に習った。

「でも通訳だけね。翻訳はちょっと無理。だから観光案内のガイド的なこともやるし。もう少し身長あったらモデルみたいな仕事もできたと思うんですけどねー。残念ながらそこは日本人の親父に似ちゃったみたいで」

身長は一七四センチ。

低いわけじゃないけど、高くはない。思いっきりヒールのある靴でも履《は》けば一八〇ぐらいにはなるだろうけどさ。そんなことしてまでモデルをやりたいわけでもないし。

「じゃあ、お母様が」

お母様。そういう言葉遣《づか》いをするんだ坂上さんは。

普通はお母さんは？　とかって訊いてくるけどね。自然に使っているから、意外ときちんとしたご家庭で育てられたのか。

好感度がアップしてしまった。

麻実奈ちゃん、イケるね。

「そう、父親が日本人で、ずっと銀行関係でヨーロッパに駐在していた。母親がフランス人。俺が生まれたのはパリ。日本には、それこそ〈マンション　フォンティーヌ〉に来てからの三年ぐらいしか住んでいないんだ」

そうなんですかぁ、って大きく納得したように頷く。

「それで、日本の暮らしのことはよくわからないと」

「そうなんです」

「パリではどうですか？　あのマンションはリアーヌさんが昔にパリで暮らしていたアパートみたいに造ったって聞いたんですけど」

その通り。

「初めて来たときにびっくりした。ここはパリか！　ってマジで思った。本当にあんな感じだよ、古い昔からあるアパルトマンって」

それに、住民同士が仲良くなるってのはパリではよくあること。

「もちろん、まったく付き合いがないってのもあるけどさ。少なくとも俺が住んでいたところは、皆が知り合いになって仲良くやっていたね」

仲良くなれば、いろいろと面倒くさいことが増えるのも事実だろうけど、それはもう人間社会のあたりまえだろうって。

「ひょっとして、リアーヌさんと知り合いなんですか？　だからこっちに来たとか」

知り合いではなかったね。

「今もパリに住んでいるリアーヌさんの親戚、いとこととか言ってたかな。その人とは知人だった。それで、日本に来るときに紹介してもらったんだ」

本当は、死んだ親父が遺《のこ》した家、つまりは親父の実家に住むはずだった。ところが来てみたらその家は親父の親戚に売られちまっていた、なんていう話は別にしない。したところでお互いに楽しくもないしな。

それで、日本に行ったら訪ねてみてって教えられていたリアーヌさんを訪ねた。

まさかあんなマンションの大家さんだとは知らなかったし、ものすごくラッキーだったよね。

「あ、じゃあ国籍って、日本かフランスなんですか？」

「あーパスポートは二つともあるかな。フランスのも日本のも」

「え、それってできるんですか」

「いろいろあるみたいだよ。フランスの場合は普通に二重国籍認めているから問題ないみたいだし」

正直、ちゃんと調べていないからよくわかっていない。

でもまぁ政治家とか国家公務員とかになるんじゃなきゃ、あまり問題にはならないみたいだし、三十三年生きてきて困ったことはない。

「どっちにかしなきゃダメになったら、まぁフランスにするかな」

日本は好きだけれど、こんなくそったれな国で死にたかないし。

＊

新宿から乗り換えが面倒なんですよねー、って話をしながら、二人で帰ってきた。本当にちよっと面倒くさいんだ。

今夜は新宿線から九段下《くだんした》で半蔵門《はんぞうもん》線、そして東武スカイツリーライン。他にもいろいろルートはあるんだけど、全部が面倒くさい。

「お金持ちになったらタクシーで帰ってやるっていつも思うけどさ、お金持ちになったらなったで」

「引っ越せばいいですよね」

笑った。

「でも、引っ越したくないです。ずっとあそこにいてもいいです私」

「まぁ、そうかな」

居心地がいい。雰囲気がいいのももちろんだけど、住みやすい。

「坂東さんはもう三十年いるんだよね」

「聞きました！　死ぬまでここに住むからそのときはよろしくって。ここから棺《ひつぎ》を運ぶから手伝ってちょうだいって」

そうそう、俺にもそう言っていた。

坂東さんは、おもしろい人だ。大学教授だけど、堅苦しくなくておもしろいおばちゃん。実際、住んでいる人たちが皆おもしろかったり善人っぽくて気持ち良かったりしている。

確かに、ずっと住んでもいいかなって思わせてくれる。

駅を降りて、商店街じゃなくて一本道を外れて歩くと近いけど、少し暗い道だから女性の一人歩きはお勧《すす》めしない。でも、こっちの方には飲み屋とか食べ物屋も意外と多くて、夜は少し賑わったりする。

「あそこ、美味しいですよね」

「あぁ、そうそう」

和食のお店だ。日本酒がズラリと並んでいて、美味しい和食惣菜《そうざい》と日本酒が楽しめるお店。一度入ったことがある。一人で飲むなんてことをあまりしないので、入ったときにはご飯を愉《たの》しんだけれども。

ちょうどその店の前を通りかかったときに、扉が開いて中から男が飛び出してきた。

革ジャンを着た、けっこうデカイ男。

「何だってんだ！」

叫ぶ。その声に向かうようにして、中から違うデカイ男が素早く出てきた。

「あ」

管理人さん。

「嶌谷さん」

麻実奈ちゃんも気づいた。花柄の色の濃いシャツを着た、嶌谷さん。

その後ろから、女性も出てきた。

「よろしくないと言っているんですよ」

嶌谷さんが、抑えた声で言う。

やかましい！　とか、お前に関係ない！　とか、そんなようなこういう場面にお決まりみたいなセリフを革ジャンの男が言って、嶌谷さんに殴《なぐ》りかかっていこうとする。

ヤバいと思った。

俺は強くはないけど、こういうラフシーンにはよく巡り合ってきた。場を取りなすのは得意だけど、革ジャンの男の勢いに、飛び出そうとした足が一瞬遅れた。

でも。

嶌谷さんが動いた。

右掌《みぎて》を広げて革ジャンの男の顔に向かって突き出したと思ったら、次の瞬間、パンッ！　って見事に乾いた音がして、男が膝《ひざ》から崩れ落ちるようにしてお尻から倒れた。

何が起こったのか一瞬わからなかった。

（おでこ、か？）

おでこを、打ったんだ。

掌《てのひら》で。

右手でパンチを繰り出してきた男を、すい、と躱《かわ》して。

掌底打《しょうていう》ちってやつか。

管理人さん、武道の心得《こころえ》があるのか。

「蔦谷さん！」

走り寄って、呼んだ。蔦谷さんが少し驚いたように顔をこっちを向けて、すぐに微笑んだ。

「あぁ、貫田さん、坂上さんも。お帰りなさい」

いやお帰りなさいってそんな爽やかに。

「どうしたんですか」

女の人は、泣いている。


蔦谷さんは、晩ご飯を食べに来ていた。

この男と女の人は、隣の席で酒を呑《の》んでいたらしい。男は、やたらと女の人をなじっていたらしい。

そのうちに、男は蔦谷さんに声を掛けてきた。どうだ、この女を買わないかって。身体だけはいい女だとかなんとかそういうようなとんでもないセリフをたくさん言って。何だったら、ここの勘定《かんじょう》払ってくれるだけでこいつを抱いていいとかなんとか。

ひでぇ、と思う。いくら酔っぱらっていても、とんでもない話だ。

女の人を殴っていたそうだ。女の人は、されるがままだったそうだ。

「それで、ですか」

はい、って嶌谷さんが頷く。

「どういう関係かはわかりませんが、そういうのはいけないと」

諭《さと》したし、女の人にも言った。帰った方がいいですよと。

それで、男がぶち切れて表へ出ろ、となった。まぁドラマなんかでもよくあるパターンだろうけど、現実でもよくあるんだそういうのは。

「そこの交番まで、連れて行きます」

男は、まだ転がったままだ。よっぽど嶌谷さんの掌底が効《き》いたんだ。男の腕を摑《つか》んで、無理やりに立たせる。

「まだどういう関係かさえも聞いていませんが、このまま帰したらまた問題を起こすかもしれませんしね」

そうかもしれない。

っていうか、こいつとんでもないDV野郎なんじゃないのか、さっさと別れさせた方がいいんじゃないかと思うけど、赤の他人のことだ。そもそも付き合っているのかもわからないけど、女の人はただ泣いて、おろおろしているだけだ。

「私たちも一緒に行きましょうか」

麻実奈ちゃんが言う。

「大丈夫ですよ」

ニコッと笑う。

「ついてこられますよね？」

蔦谷さんが女の人に言うと、こくん、と頷いた。泣いているけど、しっかりと立っている。酔ってはいないみたいだ。

「交番のお巡《まわ》りさんとは顔見知りになってます。店内で私や女性が先に殴られたのはお店の人も知ってますしね。話をして預けてきますので、気をつけてお帰りください」

男の腕を摑んで、取っ捕まえて歩いていく蔦谷さんの背中がたくましい。女の人も、俯《うつむ》きながら後をついていく。

麻実奈ちゃんと二人でそれを見送っていた。

「掌底打ちって言うよね。さっきのあの蔦谷さんの技」

言ったら、麻実奈ちゃんが少し首を捻《ひね》った。

「あれは、武道の掌底打ちではないですね」

麻実奈ちゃんが言う。

「違うって？」

「素人です。蔦谷さんは」

素人。

麻実奈ちゃんの顔が険《けわ》しくなっている。え、どうしてそんなことがわかるんだ麻実奈ちゃん。

「でも、強いですね嶌谷さん。手慣れています」

　手慣れていて、強い。

「暴力沙汰《ざた》に慣れてるってこと？」

「だと思います」

　ニコッと笑う。

「それがわかるっていうのは」

「私、小さい頃からずっと空手やってたんです。三段です。高校の頃、インターハイで優勝したことあります」

「マジですか」

　びっくりだ。

　全然そういうふうには見えない。

「嶌谷さんの足運びも、手の動きも、武道家のものじゃなかったです。ただ、喧嘩《けんか》や暴力沙汰に慣れていてかなり強い人ですね」

　喧嘩に慣れていて、強い人。

「やっぱりか」

「やっぱり？」

そう、思っていた。

「最初に会ったときから、感じたんだ。この人ヤバい人だなって」

「ヤバいというのは」

わかるんだよねー、そういうのも。

「フランスで、金融関係の仕事をしていたって言ったでしょう」

はい、って麻実奈ちゃんが頷く。

「もちろん正しく真っ当な会社で仕事をしていたんだけどね。ああいう仕事って、真っ当じゃないものを正しく知らないと務まらないっていうか、上に伸《の》し上がっていけないんだ。わかるかな」

麻実奈ちゃんが、顔を顰《しか》める。

「裏を知らないと簡単に騙《だま》されちゃうから、勉強しなきゃならないってことですか」

「その通り」

麻実奈ちゃん、本当にイイね。頭も回るし武道もできるなんて、他にもっといい仕事があるんじゃないか。

「勉強するには、裏の世界ってものに飛び込んでみなきゃならない。もちろん、飛び込まなくても勉強はできるけれど」

「生兵法《なまびょうほう》は大怪我のもと、みたいなことになってしまう」

「古い言葉知ってるねー」

「空手の先生がよく言ってました」

なるほど。

「それで、暴力的にヤバい奴らとも随分《ずいぶん》付き合ってきたんだ。だから」

そういうのは、匂いでわかるんだ。

「蔦谷さん、そういう匂いがあったからさ」

管理人として来てもらったって、リアーヌさんに紹介されたときから。

坂《ばん》東《どう》深《み》雪《ゆき》

｜ 五十八歳 ｜

M大学文学部教授

目覚めると同時にタイマーでテレビが点《つ》いてニュースが始まる。何時かはわかっているのに壁の時計を見て、六時か、と思う。

ぱちり、と、言葉にして言いたくなるぐらいにはっきりと眼を覚ます。起きた瞬間に自分が次にやることが頭に浮かぶし、自然と身体が動く。ふわぁあぁ、などとあくびをすることもほとんどない。

起きて、掛け布団を外してひっくり返してそのまましばらく放っておく。人間は寝ているときも汗をかく。掛け布団と敷き布団を仕舞う前にこうしてしばらく放置しておくだけで、湿り気の何十パーセントかは消えていく。

「と」

今日は日曜日だった。洗濯をするからシーツも枕カバーも、掛け布団のカバーも外す。新しいのを付けるのは寝る前に。

目覚ましも何もなくても勝手に起きてしまうようになったのは、ここに来る前。三十になる前、二十七歳の頃。

どうしてそうなってしまったのかはさっぱりわからない。

もっと若い頃、実家に住んでいた頃なんかはごく普通に、当たり前に起きられなくて母親に起こされていた。一人暮らしを始めた大学に入ったばかりの頃も、目覚ましの力を借りて起きていた。

何かそういうふうになるきっかけのような出来事でもあったかと考えれば、あった。ただ、それが目覚ましなしで起きるようになった要因なのかどうかは、疑問ではある。あるが、確かにとんでもなく大きな出来事ではあったのだ。自分の生活にはまったく関係なかったのだけれども。関係なくもないのか。結局はそれで引っ越しをして、ここに移ってきたのだから大いに関係したのかもしれないけれども。

それから三十年間、本当に一度も寝坊も二度寝もしたことがない。

もちろん夜更《よふ》かしも深酒もほとんどしないというのもあるのだろうけれども。お蔭様《かげさま》で身体の調子は至極良好だ。

パジャマのまま、ドアの郵便受けから新聞を取ってきて食卓に置いて、すぐに朝ご飯の支度。

大したものじゃないからすぐにできあがる。トーストに、スープに、サラダ。サラダもスープも前の晩に作ってあるから、パンをトースターに入れて、後はサラダを冷蔵庫から出して、スープをレンジで温めるだけ。今日のスープはミネストローネ。昨日の夕食にももちろん食べた。その残りを朝に食べるし、日曜なので昼にも食べる。それぐらいの量を作るぐらいが、いちばん美味しくできると思う。

今夜はコーンスープにする。旬《しゅん》のとうもろこしを使うと本当に美味しい。この時期は毎日コーンスープでもいいぐらいだ。

ただコーンスープは味がすぐに落ちていくので、これだけは夜作って食べたらすぐに冷凍して、朝に解凍して食べる。冷凍するなら三日は美味しくいただけるので、三日分の朝ご飯になる。

コーヒーは、自分でペーパーで落とす。

これだけは、じっくりとやる。

とにかく、コーヒーだけは切らせない。切らさない。

正直言って、カフェイン中毒なのは間違いない。中学生の頃に飲み始めてから、飲まなかった日は一日もない。講義中でもコーヒーを飲まないとやってられないので、マイボトルに入れて持って行っている。

なので、学生たちにも講義中でも飲み物はオッケーとしているし、眠気覚ましのガムや、糖分補給のチョコなども良しとしている。ギリギリチョコクッキーまでだ。その他のお菓子は駄目。ただし、低血糖でお腹が空《す》いたらフラフラするような体質の子は、食べてもいい。まぁできるだけ休憩時間に食べるのが好ましいけれども。

私もときどき、チョコを一口食べてコーヒーを飲んだりしている。その方が集中力を保てるのは、あるいは高めるのは医学的にも実証されている、はず。

「いただきます」

一人でも、言う。

テレビは点いているけれど、新聞を食卓に広げて読みながら食べる。テレビや新聞、ネットも何もかもすべてのメディアは、戦って生きていくための情報源だ。世の中、情報を多く使える人間の方が上手に生き残っていける。言い換えれば、楽しく生きていくこともできる。

日曜日なので急ぐ必要もないから、普段以上にじっくりと新聞を読んでいく。ご飯もゆっくり食べる。

今日の予定は洗濯と買い物だけだ。映画を観に行こうかなと思っているが、それは急いでいない。夜に食事ついでに観に行ってもいい。

コーヒーを一杯飲み終わる頃になると、外から箒《ほうき》で掃く音が聞こえてくる。シャッシャッ！という力強い音。

首を伸ばして、窓の外を見る。

嶌谷さんが、竹箒で中庭を掃いているのが、その背中が見える。背も高く、身体も厚く、適度に鍛えられて締まった身体つきだから、そうやっているのを見るだけで頼もしく感じる。やっていることはただの庭掃除なのだけれども。

管理人が嶌谷さんになってから、あの小気味良くも力強い音が響くようになって心地良く思う。平日は、あの音が聞こえてくるとそろそろ家を出なければという時間だからゆっくり聴いてもいられないが。

あの人はおもしろい雰囲気を持っている。

なかなか普通の人には経験できないことをたくさんしてきた人だと、リアーヌさんから聞いている。そう教えられなくても、朝に夕に、出勤時と帰宅時に嶌谷さんが中庭にたまたまいるときに、少し立ち話をするだけでもそんな感じは、わかる。

朴訥《ぼくとつ》だが、どこか鋭さがある。立ち居振る舞いに、鍛えられたようなあるいは躾《しつ》けられたようなものを感じる。自衛隊にいた伯父と同じような感じだったので、それこそ元自衛隊員なのか、あるいは突拍子《とつぴょうし》もないけれどどこかの国で外国人ばかりの傭兵《ようへい》部隊にでもいたのか。

いつかゆっくり話をしてみたいと思っているのだが、そのうちにきっとリアーヌさんがバーベキューでもやってくれるだろうし。

まだ暑くならないうちに買い物に行ってこようと部屋を出た。中庭に出たら、空き室の八号室の扉が開いているのがわかった。風などで閉まらないようにストッパーを掛けている。

(お引っ越しかな?)

そういえば、近々新しい入居者が決まるかもしれないと、リアーヌさんが言っていたか。今日なのか。

嶌谷さんがいる。

「おはようございます」

あぁ、と嶌谷さんが振り向く。

「おはようございます、坂東さん」

すっ、と背筋が伸びる。普通の人は、いちいちそうやって挨拶のときに姿勢を正したりしない。私のところの学生だって、ばったり街で会ったりしても今はそんなふうにならない。

「お引っ越し？」

「そうです。今日、八号室に入居されます。今、部屋にいらっしゃいますよ。もうすぐトラックが着きますので、待機してもらっています」

「そうですか」

入居するのはどんな人なのか。私がそんな顔をしたのだろう。嶌谷さんが少し頷きながら言う。

「羽見さんという、女性の方です」

「はねみ？」

「羽に見る、で羽見です。少し珍しい名字ですね」

羽見。

「下の名前は？」

「晃《あきら》さんです。日に光の晃です」

羽見晃。

その名前は。

「まったく同じ名前の新人の小説家がいるんだけどね」

あぁ、と嶌谷さんが微笑んで頷いた。

「デビューしたばかりの小説家だと伺いましたから、きっとそうでしょう」

それはそれは。

「てっきりペンネームかと思っていたら」

そうか、本名だったのか。

なかなか珍しい名字だ。先祖はどこの出身か後で訊いてみよう。嶌谷さんが、少し真面目《まじめ》な表情を見せる。

「やはり、文学部の教授ともなると、小説家の方のことを新人さんも全部把握していくものですか」

「必ずしもそういうわけではないけれどね」

全員ではないが、何かしらの賞をとってデビューした人たちの作品はジャンルを問わず読んでいくことにしている。

趣味でもあり、飯の種でもある。

小説家になった人が同じマンションに引っ越してくるとは。何か良いご縁があったのかもしれない。

「引っ越しのお手伝いの人は来ているのかい。友達とか」

いいえ、と首を横に振った。

「大した荷物もないので、一人だそうですよ」

一人でやるのか。まぁベッドや机やそういうものは、業者さんに頼んでおけば指定の場所に設置してくれるだろうから、一人でも大丈夫だろうけど。

そう話していたときに、八号室から人が出てきた。

羽見さんか。

私を見て、少し笑みを浮かべながら会釈《えしゃく》をする。こちらも笑顔で頭を下げる。

「羽見さん、こちら一号室の坂東さんです。M大文学部の教授さんです」

彼女の口が、あ、というふうに開く。

「初めまして、坂東深雪《みゆき》です」

「羽見晃です。どうぞよろしくお願いします」

「こちらこそ、よろしく。『浅い水たまりを跳《と》ぶ』、読みましたよ」

今度はもっと大きく、わぁ、というふうに一瞬口を開いて、頬《ほお》が染まる。反応が正直な子だ。くるくる変わる表情は見ていて飽きないかもしれない。

「ありがとうございます。あ、や、なんか恥ずかしいです」

「恥ずかしいことなんかないですよ。とてもいい作品でした。私は大好きになりました」

これから同じマンションで過ごしていくんだから、という気遣いでもお世辞でもなんでもない。

本当におもしろい小説だった。平易な表現や言葉遣いでありながらも瑞々《みずみず》しさを感じさせる文章は、彼女独特のものだと感じた。言葉の使い方やリズムにも個性がありながら、一文で読む者の眼前にその光景を広げさせる力がある。

何よりも、日常のごくありふれた出来事が綴《つづ》られていくだけの物語なのに、次の展開を予想させないドラマチックさは、新人らしからぬ懐の深さと、新人らしい伸び代《しろ》しか感じなかった。この作家はもっとずっと大きくなる、と思わせてくれた。

羽見さんが、まだ恥ずかしがっている。

「知らない方に、読んだと言ってもらえたのは初めてで、しかも褒めてもらえるなんて」

嬉しいよね。私も小説ではないけど著述家の端くれ。そういうのは、本当に嬉しいものなんだ。特に新人の頃は。

トラックが、マンションの前に停まった。

「来ましたね」

蔦谷さんが歩き出す。ここのマンションには駐車場がない。引っ越しのときには路駐《ろちゅう》になるからああして管理人がコーンを置いて、荷物を運ぶ間は交通誘導員よろしく番をする。さほど交通量は多くないからそれほど邪魔にはならないのだが。

「羽見さん。もしよければだけれど、荷物を片すお手伝いしましょうか」

羽見さんに言うと、ええ、そんな、と慌てたように手を振りながら言ったけれど、嫌そうではなかった。

「日曜ですからね。休みで何も予定がないんですよ。お嫌じゃなければ、荷解きや掃除などを」

買い物に行って帰ってくれれば、ちょうど業者が荷物を運び終わる頃になるだろう。女同士だし、おばちゃんだから気を遣わなくて楽でしょう。


ベッドフレームはなしでマットレスのみに布団一式。シンプルな机に椅子にパソコン、小さめの冷蔵庫に洗濯機、レンジにテレビにプレーヤー。本棚は小さめのが二台。タンスはチェストが二棹《ふたさお》。カバーのついたハンガーラックは一台。食器やら本やら衣装やら細々《こまごま》したものの段ボール箱がたくさん。

いくらあまり物を持たない人の一人暮らしとはいえ、これぐらいにはなるだろう。

引っ越し業者さんが大きいものは羽見さんの指示で所定の位置に置いていってくれたし、電化製品も全部設置してくれたから、文字通り段ボールを開けて片づけていくだけ。

今の引っ越しは楽だね。

私がここに来たのは三十年前。もちろん引っ越し業者はあったけれども、こんなにも細やかな注文に応えるシステムはなかったと思う。いや、あったかもしれないな。私が知らなかっただけで。

もしも男手が必要であれば何でも言ってください、と嶌谷さんは戻って行った。

「開けて中身を見られたくないものあるかな?」

「あー、ないです」

羽見さんが笑う。

「じゃあ、片《かた》っ端《ぱし》から箱を開けて、とりあえずあるべき場所に置いていくから」

本は本棚に、食器は食器棚に、衣類はチェストに。

「後で自分で調整するといいわ。その間に羽見さんはパソコンとか机周りをやってしまえば早く落ち着くでしょう」

何よりもまず、仕事道具。

そこをきちんと設置した方がいい。

「そうします」

ネットはもう昨日の段階で業者が来て繋がっているそう。後はルーターに繋げばいいそうだけど、そういうのってあっさり繋がるときはいいけれど、トラブると長引くもの。

「パソコンとか強い方?」

まずは簡単な本の段ボールを開けながら訊く。

「それなりには、ですね。ずっと会社でウェブ関係のこともやっていましたから」

「あぁ、そうなんだ」

パソコンは、デスクトップとノートパソコンを両方持っていた。何故かデスクトップはWindowsで、ノートパソコンはMacBook Air。両方使える人なんだね。

「Windowsは仕事用で、Macは趣味?」

笑って頷いた。

「Macの方が好きなんですけど、職場ではWindowsだったので」

「そうよね」

「でも、もうこのマシンは使わないつもりなんです。まだデータが残っているので持ってきちゃったんですけど、そのうちに処分します」

「仕事を辞めたのね」

そうです、って頷いた。

デビューしたばかりで、作家に専念するのに仕事を辞めるというのは危険な選択なんだけれども、そういうことではないんだろうなと感じた。引っ越しまでするのだから、もっと大きな事情があってのことだろう。

羽見さんは細身で背が高い子。私もそこそこ背が高くて、学生から〈進撃《しんげき》の巨人《きょじん》〉とか言われてる。その、私よりも大きい。

「羽見さん、背が高いよね」

「はい、無駄に高いです」

無駄でもないね。こういう掃除とか片づけのときには、背が高いといろいろ楽にできるから。

「私もなんだけど、何故かここに住んでいる女の子は背が高い子が多いわ」

「そうなんですか?」

私に、六号室の市谷倫子ちゃん、二号室の鈴木菜名《なな》さん、三号室の三科百合《ゆり》ちゃんにリアーヌさんも背が高い。

「このマンション、女性が多いんですね」

「多いかな? でも男性も四号室の貫田くんに、鈴木さんの旦那さんと、管理人の嶌谷さんがいるからね」

皆、いい人だ。

「余計な心配はいらないよ。鈴木さんは良き夫だし、嶌谷さんはあの通り真面目な人だ。貫田くんはまだ若くて独身だし多少見た目はちゃらちゃらしているけど、善人で優秀な男だ」

「優秀?」

「彼はフランスと日本のハーフでね。フランス語の他に英語、ドイツ語、中国語にポルトガル語とスペイン語も話せる」

「えっ、凄《すご》いですね」

凄いんだ彼は。

「私も仕事で何度か通訳とかお願いしてるんだ。ヨーロッパの習俗や歴史にも当然詳しいから、羽見さんも今後作品を書く上で、何かその辺のことで確認したい疑問が出てきたら訊いてみるといい。知ってたらその場で教えてくれるし、わからなくても現地にたくさんの友人がいるから、調べてくれる」

「そうなんですか」

実に有能なんだ。私に助手や秘書でも雇う余裕があるのなら、ぜひ雇いたいぐらいに。

「お仕事は大学教授なのですよね」

「そう。M大文学部日本文学専攻兼文芸メディア専攻の教授」

日本文学、って小さく呟《つぶや》く。

「それで、私の作品も」

「そうだね」

「文芸メディア専攻というのは、どういうものですか?」

「面倒くさいものではないよ。要するに物語を含むものすべてだね」

電子書籍も含め、映画もマンガも新聞も何もかもだ。

「そういうものを、勉強する。実質は日本文学専攻とそんなにも変わらないが」

「より幅広く研究する」

「そういうことだ。たとえば音楽の歌詞だって、立派な物語だ。それを読み解くのが私の仕事。もちろん」

手を止めて私を見ていたので、微笑んで言う。

「そんな勉強をしなくたって、小説家にはなれる」

笑った。

「ああいうものは、天与の才と運だ。その分野の勉強をした、しないはほとんど関係ない。もっとも、勉強したことにより身の内に溜められた知識や見識は、作品を書く上では多少は役に立つだろうけど」

小さく頷く。

「担当編集さんも言っていました。小説家としてデビューできるできないは、実力はもちろんだけれども、ほとんど運だと」

「そういうものだよ」

「坂東先生も本を出されているんですよね」

「先生は止めておくれ。坂東かもしくは深雪でいい」

学生以外に先生と呼ばれるのは、何十年経ってもこそばゆくてしょうがない。

「『浅い水たまりを跳ぶ』は祥殿社《しょうでんしゃ》からだったね」

「そうです」

「私もね、祥殿社さんから本を出しているんだ」

「あ、そうでしたか。知らなくてすみません」

知らなくて当然だから、そんなことで恐縮しなくていい。まったく売れてもいない、一介の研究者だ。兼業作家などと名乗るのもおこがましい。

「そういえば、私のデビュー作の担当編集さんが、近くに住んでいるんです。一駅向こうなんですが、家が」

「一駅向こうというと、東向島かな」

「そうです」

東向島に住んでいる祥殿社の編集さん。

「私の担当編集ではないけれども、橋本《はしもと》さんという女性じゃなかったかな。橋本杏子さん」

「そうです！　橋本さんです。橋本杏子さん」

確か一度会ったことはある。私を担当している上原《うえはら》さんの部下だった子だ。東向島に住んでいるというのを以前に言っていたのを覚えていた。

「ここに住むことを教えたら、今度は自宅で打ち合わせができるかもしれませんねって話していたんです」

「まぁそれは確かに」

デビューしたばかりなのだから、そういうこともあるのかもしれない。私はそんなことはしたことないのだけれど。

「橋本さんは坂東さんがここに住んでいるのを知らなかったのですね」

「そりゃあね」

担当でもない、しかも小説家でもないただの大学教授の住所まで把握しているはずがない。

「まぁでも今度会うようなことがあれば言っておいておくれ。私のところにも遊びに来てもいいよと」

笑った。

「うん？」

私のスマホに着信。見ると、リアーヌさんだった。

「もしもし？」

(リアーヌよ。坂東さん、お片づけ手伝っているんですって？)

「そうなんですよ」

きっと蔦谷さんに聞いたんだろう。

(もし良かったら、お昼ご飯をうちでどう、って羽見さんに訊いてくれる？　引っ越し蕎麦《そば》食べましょうって)

「わかりました。ちょっと待ってください」

スマホを少し離して、言う。

「リアーヌさんが、お昼に引っ越し蕎麦を食べましょうって。リアーヌさんの部屋で」

「えっ、でもそれは普通は私が」

「いいんだよ。リアーヌさんがしたいんだから」

もうかれこれ三十年以上の付き合いになるけど、そういう人なんだ。


いつ来ても淡《あわ》い花の香りがしている部屋。それも人工的な香りじゃなくて、リアーヌさんが作るポプリの匂いだ。天然の花の香り。

引っ越し蕎麦と言いながら、リアーヌさんが作ったのはトマトソースのパスタ。似たようなものだからそれでオッケーということ。

窓際に置かれた丸いテーブル。このテーブルは、女三人で囲んで座るとちょうど良い広さ。

「好みも訊かなかったけれど、羽見さんはアレルギーとか大丈夫？　パスタ食べられる？」

「大丈夫です。大好きです」

「よかった」

「このトマトソースも手作りなんだよ。トマトから裏の庭で作ったもの」

「え、そうなんですか」

それぞれの部屋に庭はないけれども、リアーヌさんのところにだけ小さな庭がある。

「お片づけは、終わった？」

「大体は。後は羽見さんがゆっくりね」

「はい、助かりました」

段ボールから出してしまえば、後はのんびり暮らしながら片づけていけばいい。

「何か部屋に不都合があれば言ってね。蔦谷さんでも、私にでも」

優しくて、本当に親代わりのように接してくれる大家のリアーヌさん。私はこのままここを終《つい》の住《す》み処《か》にするつもりでいるのだけど、縁起でもないけれども、リアーヌさんが亡くなられたときにここがどうなるのかを少し心配している。

今ここに住んでいる皆は、何事もなければずっとここに住んでいたいと話しているのだ。日本嫌いの貫田くんでさえ、ここで暮らしていけるならそれがいちばんと言っているぐらいに、心地よい場所。

窓辺に並べられた写真を、羽見さんが見ている。

「その人が、このマンションを作った人だよ。亡くなられたリアーヌさんの夫」

「あ、そうなんですか」

リアーヌさんが頷きながら手を伸ばして、写真立てのひとつを取る。岩雄さんが写っているモノクロの写真。

「私の夫ね。如月岩雄」

「古い写真ですね」

「そうね」

軽く微笑んで、リアーヌさんが言う。

「小説家さんには、何かの種になるかしらね」

「種、ですか？」

「残念ながら、私にはなりませんでしたけどね」

如月岩雄さん。リアーヌさんの夫の話。

私が、ここに来てしばらくしてから、岩雄さん本人からも聞いた話。

「岩雄さんはね、もう十年前に九十歳で先立ったのよ」

十年も経ってしまったんだ。

「九十歳、ですか」

大往生《だいおうじょう》だね。もっとも、その五年ほど前から施設に入っていて、そこの病院で亡くなったのだけど。

「十年前は、リアーヌさんはまだ六十八歳だった。そして岩雄さんは九十歳。二十二歳の差がある夫婦だったということになるね」

羽見さんは、小さく頷きながら、少し微笑んだ。

「年齢差がけっこうありますね」

そう、あるんだ。

「実は、本当は夫じゃないのよ。戸籍上は夫だけどね」

リアーヌさんが言う。

「え？」

「正確には、岩雄さんは私の母の夫だったの」

「お母様の、旦那さん？」

羽見さんの頭の上にはてなマークが大きく浮かんでいるのがわかる。私も最初に聞いたときには混乱したよね。え、どういうこと？　って。

「出会ったのは、パリよ。まだ私が八歳ぐらいの頃。つまりその頃岩雄さんはもう三十歳だった」

懐かしそうに微笑み、リアーヌさんが言う。その頃の写真も窓辺に並んでいる。その一枚を手にして、テーブルに置いた。

まだ十歳ぐらいの、リアーヌさんがそこにいる。

「可愛い」

「ねぇ、本当に可愛いよね。いかにもフランスの可愛い女の子」

まるでお人形さんみたいだ。日本人は、コンプレックスとかそういうものを抜きにして、本当に白人の女の子の可愛さが大好きだよね。

「岩雄さんはね、帝国陸軍の情報部にいたのよ。スパイだったの」

「スパイ、ですか」

「あの戦争のことは、羽見さんは詳しいかしら」

日本が敗戦国ともなった、第二次世界大戦。もう五十八歳の私でさえ、まったく知らない遠い過去の戦争。

羽見さんは、少し顔を顰《しか》めて、首を傾《かし》げた。

「本当に、教科書で学んだことや、本で読んだり映画やテレビを観たりした程度の知識です。自分で調べたりしたこともないですね」

「これから、ひょっとしたら調べることも出てくるかもしれないね。小説家としてずっと生きていけば、いつか自分が編み出す物語の中に絡んでくるかも」

「くるでしょうか」

たぶんだけれどもね。

まったく関係のない日常の物語を紡《つむ》いでいったとしても、その日常を生きている人たちと、リアーヌさんのようにあの戦争を経験した人たちとは同じ地続きの現実を生きている人たち。

結局小説とは、人を描くことだ。人を描くということは、その人たちが生きる現実を知らなければ、書けるはずがない。それがまったく架空の物語だったとしても、架空ということは架ける土台として現実があるのだから。

「情報部の人間として、岩雄さんはパリに来ていて、そして私の母のセリア・ボネと知り合った。もちろん、父であるマチューともね」

十歳ぐらいのリアーヌさんが写っている写真に、笑顔で写っている二人の外国人。

「これが、リアーヌさんのお父さんとお母さんですか」

「そうなの。父もまた軍人だったのよ」

「お父様がフランスの軍人で、そして日本の軍人でスパイだった如月岩雄さんと知り合ったということですか？」

そういうことになるんだ。

ここから先は、とても引っ越しパスタを食べる間に聞ける話じゃない。長い長い話になってしまうのだけれども、簡単に言えばリアーヌさんの父であるマチューさんと岩雄さんの友情の話だ。

そして、岩雄さんの死んだ友を思う俠気《きょうき》の話であり、岩雄さんを恩人と思い生きてきたセリアさんとリアーヌさん、という話だ。

「たぶん、二段組上下巻の話になるよ。一冊にまとめるなら鈍器《どんき》と称される分厚い本になるから」

少しずつ、聞くといい。

きっと岩雄さんのことを好きになるし、リアーヌさんのことも好きになる。そしてこの〈マ

ンション　フォンティーヌ〉のことも。

ただ、編集者には、それこそ担当だという橋本さんにはまだ言わない方がいいかな。絶対にその話を書けと言い出すから。

野《の》木《ぎ》 翔《しょう》

｜ 四十四歳 ｜

花丸《はなまる》不動産ロイヤルホーム部長

全社部会を終えて、退社時間ぎりぎりに支店に戻ってきた。

部会の終わりがもう少し遅くなるはずで、直帰する予定にしていたから帰っても良かったのだが、メールがいつもよりたくさん入ってきているのに気づいたからだ。

「お疲れ様です。戻ったんですね」

隣の席に座る向井《むかい》さんが、あら、という表情を見せながら言う。隣で向井ってのもややこしいが。

「あぁ。ちょっとメールチェックしてから帰るよ」

社用のメールはすべてスマホにも転送されるようにしてあるから、スマホでチェックも返信もできるのだけれど、基本的にはパソコンでやりたい。

スマホも十二分に扱えるけれども、いまだに文字打ちは苦手だ。パソコンのキーボードできちんとした文章を綴《つづ》りたいし、部下たちにも時間が許すならばなるべくそうしろと言ってある。スマホでの文字打ちは、パソコンとキーボードを使ってのものよりも誤字脱字勘違いなどが多くなる、と思っている。

もっとも若い人たちに言わせると、パソコンのキーボードよりもスマホの方が慣れているので間違いが少ないし速いということなのだけど。

そうなのかもしれないな、と思う。今の二十代、三十代は完全にデジタルネイティブと言ってもいい世代だ。いちばん若い二十三歳の小林《こばやし》さんなどは、物心ついたときから携帯を握っていたという。初めて文字を打ったのがパソコンのキーボードっていうのは、私ぐらいの世代が最後なのかもしれない。

（姉貴だ）

たくさんの案件のメールの中にひとつだけ異質なメール。

プライベートのアドレスはもちろん知ってるはずなのに、何故か会社のメールに送ってくる。そういうメールに限って、何かしちめんどくさい話をしてくることが多いような気がする。

メールを開いて、溜息《ためいき》を押し殺そうとしたけれど出てしまって、隣で帰り支度《じたく》を始めていた向井さんに聞かれてしまった。

「何かトラブルでもありましたか」

「いや、すまん。何でもない」

向井さんは、有能だ。社会人としても、そして一人の人間としても。課長としてうちの部を支え、そして部長である私の補佐も。下手《へた》したら私以上の仕事量をこなしている。

「姉からのメールがあってね。あの人は家庭の話を何故か社用のメールに送ってくるんだ」

苦笑してみせる。

「あのお姉さんですか。長女さん」

「そうだ」

向井さんは、本当に偶然にだがこの姉に一度会っている。

一年ほど前だったか、二人で取引先での打ち合わせを終えて、予想外に早く終わったのですぐ近くのカフェで一休みしていたところに、姉がやってきた。

本当に偶然で、姉は近くの病院で薬を貰ってきた帰りだった。無視するわけにもいかず、結局三人でお茶を飲んでしまった。

「楽しい方でしたよ。笑顔が素敵で、お話も上手で」

「外から見ればね」

気の強い人だ。頭も良く回り弁も立ち、学生時代は常にクラスの中心人物だった、と聞いているし、さもあらんと思っている。

「ま、これには後で電話すればいい」

どうしてわざわざメールしてくるものだか。

「帰るよ」

はい、と頷き向井さんも立ち上がる。

「私も帰ります。晩ご飯にお付き合いしましょうか」

お互い独身同士。週に二、三回は家でご飯を作らずに外食して帰ることは知っている。そして、男と女ではあるが、互いの性的な感覚についても打ち明け合っている同士だ。余計な誤解はしなくて済むし、対外的にも独身同士なのだからその場を見られても何の問題もない。

「そうだな」

仕事抜きでのつまらぬ愚痴《ぐち》や話に付き合ってくれるのは、向井さんぐらいだ。

自宅の方向はまったく違うので、会社から歩いて五分ほどのところにあるファミレスにした。この界隈《かいわい》には定食屋や中華など、こと食事にはまったく困らないほどに店はあるのだが、ゆっくり話をするのにはやはりファミレスがいちばんんだ。

「お姉さんは、何の件のメールだったんですか」

「家のことなんだ」

「千葉にあるご実家ですか?」

「そう。もう壊して売ってしまってもいいだろうとね」

実家には、今は誰も住んでいない。父は五年前に他界し、母も今は入院していて、もう長くはない。

「母が危ないと言われ続けて、もう一年になるんだ」

何度も危篤《きとく》状態になり、その度に持ちこたえている。

「確かそれ以前に施設に入られていたんですよね」

「二年ぐらいね。だから実家に誰もいなくなって三年が過ぎているんだ」

父が家を建てたのは五十年前。築五十年になる普通のモルタル二階建ての家だ。いちばん近くの江戸川《えどがわ》区に住んでいる長女が通って掃除など管理をしてはいたが、人が住まなくなった家はどんどん荒れていく。

「直すのにも金は掛かるし、母が帰ってくる可能性はほぼゼロ。そして今のところ、僕も姉たちもそこに住む予定もつもりもないしね」

「次女さんも三女さんもいて、野木さんは末っ子で長男でしたよね」

その通り。我が家は女系家族だ。三人の姉はそれぞれに個性的だが、共通しているのは気の強さと口が回ることだ。

「実家にいた頃には僕には何の発言権もなかったよ。一言どころか相づちを打つ暇《ひま》もなかった」

喋《しゃべ》っているのは常に姉たちだった。いじめられたというわけではなく、むしろ構われすぎていたけれど、それはまるで人形遊びをするかのようだった。

「誰も住まないのだから、もうさっさと壊して売っちゃっていいんじゃないかとね」

母は、戻る可能性がほぼないとはいえ、まだ生きているのにそういうことを言ってくる姉だ。

「まぁ確かにそこにあるだけで固定資産税は掛かるし、仮に屋根の一部が抜けたとかになるとあっという間に廃墟《はいきょ》のようになってしまうし」

「近隣の迷惑物件になってしまいますね」

「そうなんだ」

隣近所は、人が住んでいる。ただでさえ隣の家が無人というのは、落ち着かないものだ。その上、どこかが壊れ始めたらますます不安になる。そういう事態はもちろん避けたい。

「確かに決断しなきゃならない時期ではあるのだけど」

「長女さんが今、そう言ってきたというのは、何か他の事情もあるんですか」

「たぶんね」

お金だと思う。

小さな土地でもあそこを売れば、上物《うわもの》の家を処分したとしても、軽く見積もっても一千万かそれ以上の金額は入ってくるだろう。

「実は、姉は、ついこの間熟年離婚したばかりなんだ」

「あら」

熟年と言うと本人は怒るかもしれないが。

「働いてもいたからそれなりに貯蓄や、あるいは年金なども入ってくるだろうけれど」

「この先の人生を考えて、お金はあるに越したことはないですね」

「当然だね。そして土地を売れば、姉弟全員で等分に分けたとしても、それなりにけっこうな金額になる」

そうですね、って向井さんも頷く。

千葉の方の物件は普段はうちの部では扱っていないが、そこは餅は餅屋だ。大体の相場はわかる。今向井さんの頭の中では計算機が動いて数字を出しているだろう。

「末っ子でも長男で、しかも不動産屋ですものね、野木さんは」

そう。末っ子でも長男だ。

一番上の姉と十五歳も離れていたとしても。この今の世でも、相続云々《うんぬん》の話になると長男だ何だという話になるだろうし、その長男は不動産屋だ。

「こういう事態になってしまうと、何でこんな商売にしてしまったかと思ってしまうね。きっと少しでも高く売れるように頑張れとか言ってくると思うよ」

間違いなくそんな話になる。悪気はなくても、専門家なのだからと。

「でもまだお母さんはご存命ですからね。本当にご存命のうちに売る話になるのなら、まずは弁護士に相談ですね」

「そうなるね」

土地の所有者は母になっているはずだ。我が社と提携している弁護士事務所と要相談になる。そういうことをやらせるためにメールしてきたんだろう。

「いろいろありますね。不動産の仕事をしていると」

「まったくだ」

この仕事に就いたときから、将来の実家のことを何となく考えてはいたけれども、住む気にはなれなくても、生まれたときから出るときまでずっと過ごしてきた家だ。いわば、故郷だ。簡単に売る売らないの話にできてしまう姉が羨《うらや》ましいような気になる。

「まぁ何にしても、近々片づけなきゃならない案件だ」

「もし、気が重いようでしたら私の方でやってみましょうか？　お姉様方も、第三者であり部下でもあり、同じ女性でもある私の方が、素直に話を聞けたりできるのでは」

「あぁ」

考える。

自分で扱うよりも、向井さんに任せた方がいろいろと冷静な判断ができるのは間違いないか。

それに、姉たちも向井さんから聞かされた方が、確かに余計な詮索《せんさく》も口出しもできないだろう。部下とはいえ、平《ひら》の営業社員とかではなく課長だ。確かに姉は、いちばん上の姉はそういう物差しで物事を見る。

「もし、売ると決まったら、お願いしようかな」

「任せてください」

どん、と胸を叩く仕草をする。

入社年次は、五年違う。入ってすぐに向井さんは私の部下になり、それからずっと一緒にやってきた。互いに同性愛者、最近はＬＧＢＴと言えばいいのか、それを認識し合ったのは十年前だ。

　上司と部下、男と女、友情と信頼、戦友と親友。そんなようなものを超えたものをお互いに感じている。

「ご実家の方といえば、〈マンション　フォンティーヌ〉の管理人さん」

「うん」

　蔦谷さんか。

「その後、どうですか」

「大丈夫みたいだね」

　しっかりやっているとリアーヌさんから聞いている。今までの管理人の中でもいちばんじゃないかって。

「嬉しいですね」

「うん」

　嬉しい。単純に。

＊

管理職になってからは、直接お客様を物件に案内することはほとんどない。まったくないと言ってもいい。ごく稀《まれ》に、以前に自分が担当したお客様に頼まれて、その方の知人を案内するぐらいか。それも、本当にごく僅《わず》かだ。そういう場合でも担当は若い部下に回すのがほとんどだ。

物件を紹介したお客様は、一軒家の購入物件ならばほとんどずっとそこに住まわれるのだから、契約が成立して引っ越しが終われば後はまず会うこともない。家の修繕や改装改築を相談されることはもちろんあるが、それは関連会社の人間が行なうものだから担当が別になる。

なので、紹介した後にまたその方に会うとしたら、何らかの事情が発生してそこを売るか、もしくは引き払うようなことになったときがほとんどだ。悲しいお別れになることも、ある。

賃貸物件の場合は、中には引っ越しが趣味のような人がいて、何度も何度も新しいところへ引っ越すために来店するような方もいるにはいるが、それにしたって担当をずっと同じにしてくれというような人はほとんどいない。

実に多くの人に物件を紹介してきた。

恰好《かっこう》良く言えば一期一会《いちごいちえ》。

家や部屋を決めるというのは、その人の人生において新たなスタート地点を決めるというのと同義。その人のために本当にいいタイミングでいい物件を紹介できて、そして決めてもらうことができれば、こちらも本当に嬉しい。ここからお客様の新たな人生が始まり、その部屋が本当の意味で帰ってくる家になってくれれば、最高だと思う。

家は、住むところは、人生の基本だと思ってる。

どんなに悲しいことや辛いことや、とんでもないことがあっても起こっても、自分が帰る場所、安心して寝られるところがあれば明日はやってくる。何とかなると思える。

そういう場所を、私たちは提供しているのだ。

だから、抱える物件はできるだけ最良の状態にし、最良の条件にして提供したいと思っている。そういう物件を揃えたいと思っている。もちろんそれこそが、賃貸売買物件を扱う不動産屋の本領だろう。

不動産の商売は、様々なパターンがある。ひとつの街を造るような大きなものから、小さなアパートの一部屋を賃貸するようなものまで。

その中には、少しばかり特殊なものもある。

〈マンション　フォンティーヌ〉がそれだ。

悪いことをしているわけではないが、あまり大きな声では言えない。そして、〈マンションフォンティーヌ〉を担当するのは私だけ。それは、私が会社を辞めるか、定年になるか、あるいは死ぬまで変わらない。

リアーヌさんとの、如月さんとの書面も交わした契約だ。私が二十年ほど前に入社してすぐの頃からの。

その前までは、今は亡き私の直接の上司だった甲谷《こうたに》さんが担当だった。甲谷さんが病に倒れ仕事を続けられなくなるというときに、私が担当することになった。

〈マンション　フォンティーヌ〉は、リアーヌさんの家だ。

リアーヌさんが幼い頃、パリで両親と一緒に住んでいたアパルトマンをモデルにして建てた。サイズは土地の広さや日本的なものに合わせて小さくなってはいるが、ほぼそっくりそのままに。

賃貸の家賃収入を目的とはしていない。家賃収入自体がなくても、リアーヌさんの生活には何の支障もない。彼女は、質素な生活ながら死ぬまで問題なく食べていけるぐらいの蓄えはある。家賃収入はほぼすべて建物の補修や管理人への給料に使われている。

好きなものに囲まれ、心穏やかに暮らしを楽しむための家なのだ。文字通りの、死ぬまでそこで過ごすための終の住み処。

だから、部屋を貸す条件を二つ作った。

ひとつは、善き人たちに来てほしい、だ。ここで共に人生を楽しんで送れるような人に入ってもらいたい。

もうひとつの条件は、何らかの要因で部屋を借りることに困っている人たちに、安心できる場所を与えたいということ。

いわゆる、シェルターのようなものだ。あくまでも、のようなもの。

現実問題として、たとえばＤＶの夫から逃れるための緊急避難先としてシェルターを必要とする女性が、不動産屋に直接部屋を借りたいと自ら来ることはほとんどない。私の経験でも今まで一度もなかった。ＮＰＯや人権問題を扱うようなところと連携して、〈マンション フォンティーヌ〉に常にそういう部屋を確保しておく、という契約もできないこともないが、それでは他の関係ない入居者に対して〈そういう部屋がここにある〉という何らかの精神的な負担を強《し》いることになってしまう。

それは本意ではない。あくまでも共に楽しんで人生を送るために用意する部屋なのだ。だから、その辺りはすべて私の判断に任されている。

今まで多くの人たちをここに案内した。

事情を抱えて一人で頑張っているシングルファーザーもいた。シングルマザーも。親も家も失い、頼れる係累《けいるい》もない大学生もいた。

いちばん最近では、絵に描いたようと言うと失礼だが、ＤＶの夫から逃げて誰も頼る人がいなくてここに住み始めた三科さんのような人もいる。家賃は相場よりはるかに安いし、事情がある人には分割や後払いもリアーヌさんが判断して提案している。

近頃は、リアーヌさん亡き後のことも、相談されている。彼女も、もう八十に手が届く年齢なのだ。いまだ病気ひとつしたことのない健康体なのだけど、いつどうなるかわからない。そのときが訪れたときに、このマンションがどうなるのか。

リアーヌさんには子供はいない。親戚などはいるが、皆が外国暮らしだ。とても日本のこのマンションの相続などには関わることができない。

誰か、もしくはどこか、どこかというのはうちの会社のことだが、売却することも考慮に入れているのだが、まだ結論は出ていない。

できればリアーヌさんの思いを引き継いでくれるような人に売却、もしくは譲渡したいと考えているのだが、なかなかそういうような人もいないし、現れない。

住民の中に、そういう人が出てきてくれないか、というのもあるのだ。

実際、リアーヌさんの親友と言ってもいい坂東教授にはそういう話をしているのだ。ただ、坂東さんももう五十八歳。六十に手が届く年齢だし、身体のことを言うと、リアーヌさんよりもはるかに不健康体だと自虐的に笑う。

突然そのときが来てしまったのなら、自分が後のことを引き受けるという話もしているが、できればもう少し若い人の方がいい、と。

そういうところまで、話している。

同じように、もしも私が会社を辞めるようなことになったのなら、あるいは突然不慮の事故で死んでしまったり、もしくは定年退職をするようになってもまだ〈マンション　フォンティーヌ〉を担当しているのなら、後は向井さんに頼もうと思っている。

だから向井さんには、引き継ぎのためにも話は全部していた。ついこの間、リアーヌさんにも会わせている。

そんなときに、新たな管理人が来たのだ。

蔦谷さんが。

*

野球が、好きだ。

唯一の趣味と言ってもいい。六年前まで会社の有志で草野球チームを作ってやっていたのだけれど、人数が減ってしまって今は開店休業状態だ。

ピッチャーをやっていた。

高校まで野球部だった。

もちろん、甲子園を目指していたが、残念ながらそんな強豪校ではなく、そして、私自身も大した選手でもなかった。県大会初戦で敗退するのがいつもだった。惜しいことも何もない。ただ、仲間と白球を追いかけたことだけが、いい思い出として残っている。野球部の連中とは、今も連絡を取り合っている。

野球観戦も、ずっとしている。全ての試合を放映するスカパーに入っているし、最近はネットでも観られるようにしている。

嶌谷さんを、野球観戦に誘った。

日曜日、東京ドームでの巨人・ヤクルト戦のデーゲームだ。セ・リーグでは巨人以外ならどこでも応援する。

一応千葉県出身者としては、今は千葉ロッテマリーンズを応援しているのだけれど、隣の県とはいえ千葉まで嶌谷さんを連れて行くわけにもいかない。管理人業務の完全休日は日曜日のみ。休日を丸一日潰すのは気が引けるし、ドーム球場ではないから雨で中止になったりするのも困る。

誘うときにナイターと言ってしまったが、後から思い直して、東京ドーム。

雨が降ろうがなんだろうがドームなら中止になることもない。日曜のデーゲームだから夕方には帰ってこられる。なんだったらそのままどこかで晩飯食いがてら一杯やってもいい。そう言ってみるつもりだった。

迷ったら困ると思って〈マンション　フォンティーヌ〉まで迎えに行こうかと思ったが、大丈夫だと嶌谷さんからメールで返事が来た。

〈その辺りには、土地勘があるので平気です〉

土地勘があるのか。

二十二番ゲート付近、当日券売り場の辺りで待ち合わせをした。嶌谷さんの大柄な姿は遠くからでも目立つ。

黒いジャケットに紺色の花柄のシャツにジーンズは、ギリギリなファッションだった。日本人離れした彫りの深い顔なので、何とか外国人っぽい感じに見える。これで顔がもっといかつかったら、近寄らないようにしようと思われるかもしれない。

「どうも」

「お誘い頂いて、ありがとうございます」

「いえいえ、貰い物の券なのでお気遣いなく」

少しグレードアップしたけれども、それは内緒にしておく。

「昼飯まだですよね。中に入って食べましょうよ」

練習中のフィールドを眺めながらご飯を食べるのも、いいんだ。わくわくしてくる。もちろん、休みなのだから昼間からビールを飲んでもいい。

「どこかのファンとかでしたか？」

歩き出しながら訊くと、蔦谷さんが少し微笑んで頭を傾けた。

「以前は、ヤクルトでした」

「あ、じゃあちょうど良かったですか」

苦笑する。

「今はもう知っている選手はほとんどいませんが。ここ何年も試合を観ていませんでしたから」

それでも良かった。

「いい席ですね」

「ちょうどいい感じですね」

内野席。向こうのヤクルトのベンチがよく見えるし、巨人のベンチは目の前だ。買ってきた弁当と、お茶。

ビールはやめておきますと嶌谷さんは言った。飲まないわけではないが、アルコールが入るとやはり気が大きくなったり、いろいろとあるかもしれないからと。

酒の上での失敗も多かったんだろうと思う。

「まったく飲まないんですか」

「休みの日に、部屋でビールを一缶ぐらいは。必ず一缶だけその日に買って、それで終わりにしています」

「まぁ休みとはいえ、何かがあるかもしれませんからね」

「そうですね」

管理人業務は、人が思うより大変だ。ましてや住み込みだから、いついかなるときでも住人から連絡が入ることがある。一ヶ月ぐらい前だったか、風の強い日曜の夜に、三科さんの部屋の窓に木片が飛んできて当たり、ヒビが入ったそうだ。

それも、すぐに嵩谷さんが応急処置として、夜中に窓をベニヤとビニールで塞《ふさ》いだ。そういうことが、ある。

「野木さん」

「はい」

「同い年の男同士としてのご厚意だとは思うのですが、どうして私を誘ってくれたのでしょうか。たまたまあのマンションでこういうご縁があったとはいえ、そもそも何も関係がない私を」

そう訊かれるだろうと思っていた。

嵩谷さんは、私のことを覚えていない。

「嵩谷さん、千葉の出身ですよね」

「はい」

「私も、千葉なんですよ」

「そうなんですか?」

「同じ中学でした」

「え?」

嵩谷さんが、眼を見開く。

「嵩谷さん、千葉のM市の第一中学でしたよね」

「野木さんが、同じ学校？」

そうです。

「同い年と言いましたが、嶌谷さんは早生まれなので、学年で言うとひとつ上なんですよ。私は、嶌谷さんの一学年下の後輩でした」

「後輩」

「しかも野球部でも後輩だったんですよ」

とはいえ、嶌谷さんは野球部に入ったものの、一年で部活をやめていたので擦《す》れ違いだ。

「だから、私のことは記憶にもないでしょう」

こちらを見たまま、頷いた。

「同窓生で、野球部の後輩だった」

「そうなんです」

本当に、驚いている。

「え、それは偶然なんですか」

「偶然ですよ。驚きました。たまたまリアーヌさんの部屋にお邪魔しているときに、リアーヌさんから次の管理人さんだと履歴書を見せてもらったんです。リアーヌさんは、『この人にしようと決めてはいるんですけど、どう思いますか』って。私は、いいと思いますと頷きました。すぐに嶌谷さんだとわかりましたから」

「しかし」

お茶を飲んで、嶌谷さんが少し勢い込んで言う。

「部活では擦れ違いだから、学校でも何の関係もなかったのでは？　何故野木さんは私を覚えていたんですか」

もちろん、理由がある。

「嶌谷さん、部活をやめてから新聞配達していましたよね。朝刊も夕刊も」

「していました」

「うちにも、配達してくれていました」

野木さん、と、私の名前を改めて繰り返して、何かに思い当たったように頷いた。

「ありました。野木さん。緑色の屋根で、青いガレージのお宅ではなかったですか」

「それです」

「配達していました」

「それで、覚えていました。それに、お母さんが亡くなられましたよね。中一のときに、交通事故で」

嶌谷さんの家庭環境は、大体知っていた。私の母親が、嶌谷さんの母親とは知人だったのだ。母は、嶌谷さんのお母さんの葬儀にも行っていた。

「妹さんがいることも聞かされました。身寄りもなく、お母さんが働いていた鉄工所の厚意でそこに住み始めたことも」

小さい妹さんのために新聞配達を始め、空いている時間には鉄工所で下働きもしていた。

そういうことを、全部私は覚えていた。

「嶌谷さんは覚えていないと思いますけど、部活の帰りに四人の同級生でラーメンを食べているときに、ヤンキーの高校生たちに絡まれたんです。たぶん夕刊の配達の帰りだったと思うんですが、嶌谷さんが通りかかって、助けてくれたんですよ」

「私が」

強かった。

あの頃から嶌谷さんはガタイが良かった。一緒に野球をやっていた先輩の話ではとにかく肩も身体も強く、盗塁か何かでぶつかったときには、一年生なのに三年生の皆がふっ飛ばされたぐらいだったと。

そのときも、嶌谷さんが一人の腕を摑んで振り回しただけで飛ぶようにして転び、三人いた高校生たちがすごすごと引き上げていったのだ。

「ヒーローみたいでした。あのとき一緒にいた他の三人も覚えていますよ。今でも、会う度にあのときの嶌谷さんの話をしています」

「何となく、そんなことがあったような気がします」

そういう人が、突然現れたのだ。

〈マンション　フォンティーヌ〉の管理人候補として。

「けれども、その後の私の経歴は」

もちろん、全部知っている。履歴書に書いてあった。

中学を卒業して鉄工所で働き始めたけれども、じきにいなくなり暴力団員になっていた。傷害などで何度も刑務所に入っていた。出てきて真面目に働いた時期があっても、また喧嘩や何かで刑務所入りをしていた。

今回、〈マンション　フォンティーヌ〉の管理人にどうかと言ってきたのは、リアーヌさんと旧知の仲であり、出所者雇用をしている会社経営者の中嶋さんからだ。

「中嶋さんの話でも、最初の暴力団員としての刑務所入りの後は、単なる喧嘩とか傷害ではなく、正義感にかられてのことがほとんどだと」

事実らしい。どこかの会社に雇われて、そこでトラブルを起こして相手を怪我させたりはしたが、決して自ら起こしたものではなく、義憤《ぎふん》にかられてのことばかりだと。つまり、相手がとんでもなく嫌な奴で、何かしらひどいことをしていたのだ。

「それでも、カッとなって手を出したり怪我させたりしたのは、私自身です」

褒められたことではないのは確かだ。元暴力団員だったのも確か。背中から腕にかけて入れ墨もある。人こそ殺してはいないが、多くの人を傷つけるような真似をしてきたのも事実。

けれども、嶌谷さんは、決して悪人ではない。

それを私は、あの頃から知っていた。わかっていた。

再会できたのが、嬉しかった。

「あ、リアーヌさんには、同窓生だったとは言っていません。もちろん他の入居者の皆さんにも」

不動産会社の人間と管理人がそういう関係だと、変な誤解を生むことにも繋がりかねない。

「皆さんが、嶌谷さんという人をきちんと理解した頃に、実は、と話をしようと思います」

鈴《すず》木《き》幸《こう》介《すけ》

| 三十五歳 |

大日《だいにち》印刷株式会社第一課営業

鈴木菜《な》名《な》

| 三十八歳 |

株式会社集円社《しゅうえんしゃ》出版校閲《こうえつ》部

「うあっ」

変な声が出て一瞬だけ冷や汗も出てすぐに引っ込んだ。頭の中で今日の朝からの自分の行動が、何倍速もの速さで巡ったりポーズされたり。

「やっちゃった」

家の鍵がない。

でも、落としたわけじゃない。そんなはずがない。家の鍵はそれだけキーホルダーに付けて鞄《かばん》の中に入れていて、普段はまったく取り出さないんだから。

あっちのスーツの上着のポケットだ。

そうだ、間違いない。

必ず鞄の中に入れておくのに、それなのにスーツの上着に入れてしまったのは、昨日、あそこで机の上に置いた鞄を落とされたからだ。

わざとじゃなくて荷物の端がぶつかってしまって、床にどさりと落ちた。集荷のお兄さんめっちゃ焦っていたよね。大丈夫大丈夫って笑って言ってあげて、でも鞄の口が開いていたから中身が少し出てしまって。

そう、家の鍵がついたキーホルダーだけが床の上を滑って少し遠くに行ったから、それだけをまず拾って上着のポケットに入れたんだ。それから鞄の中身を片づけた。

「そうだそうだ」

間違いない。そしてそのままずっとだ。

朝、昨日とは違うスーツを着た。それはいつもの習慣だ。一日着たスーツは一日陰干ししておく。次の日には違うスーツを着ていく。出勤用のスーツは合計五着あってその一日毎《ごと》のパターンを三回、夏場には二回ぐらいでクリーニングに出す。そうやっているんだ。

そして、朝出勤するときには菜名より僕が先に出るから家の鍵は使わない。夜、帰ってくるときも八割方は僕の方が遅くなる。

つまり僕は家を出入りするときに鍵を出す習慣が、ほとんどない。

だから、まったく気づかなかったんだ。鍵を持たないで、違うスーツのポケットに入れたままで今朝出勤してしまったことに。

「まいったな」

マンションの自分の部屋、二号室の扉の前で頭を掻《か》いた。

時計は夜の七時を少し回っている。

菜名は、今日はかなり遅くなる。

たぶん終電ギリギリまでやっていくことになるって言っていた。作家さんの書き下ろしの原稿が遅くなって、そして菜名の校閲《こうえつ》のスケジュールも押せ押せになってしまっている。菜名の仕事を今日中に終わらせなければ、順送りで最終的には僕ら印刷屋が泣きを見ることになる。

まぁそんなことは、僕ら出版業界に属する人間にとっては日常茶飯事《さはんじ》みたいなものなんだけれど。スケジュール調整だってそういうのを見越して組んであるし、仮に遅れたとしても、はいはいわかりました。でもケツは決まってますから待ってるのもここがデッドですよいいですね？　ってもんだ。

菜名に電話するのは忙しいときに迷惑だろうし、電話しても絶対にすぐには帰ってこられない。

どっちみち今夜の晩ご飯はそれぞれで食べることになっているから。

「このままどこかで食べてくるか」

それとも管理人さんに言って鍵を開けてもらって、作って食べるか。

「まずは、開けてもらうか」

下手したら菜名は終電過ぎても帰ってこられないかもしれない。仕事を家に持ち帰ることは絶対にしないから、さすがにそんなにどこかの店で時間を潰すのはキツイ。

ここは管理人が常時いるマンションで、それぞれの部屋の合鍵は常に管理人室にある。

嶌谷さん。

新しい管理人さんには、まだ何度かしか、しかも挨拶ぐらいしかしていない。

俳優にしてもいいような濃いめの渋《しぶ》い雰囲気を持った人で、背も高くてガタイもいい。今まで何をやってきた人なのかまるで知らないけれど、ものすごく真面目そうだけども、ちょっと強面《こわもて》の感じもある人だ。

蔦谷さんの部屋は、このマンションの入口のアーチの上の九号室。大家さんのリアーヌさんの隣。

そういえば八号室に入った羽見さんという人とも、まだ最初の挨拶ぐらいしかしてないな。そのうちにリアーヌさんがバーベキューとか食事会とかやってくれると思うんだけど、新人の小説家さんだって言ってたから、楽しみと言えば楽しみ。

印刷屋に入ってもう何百作も小説を刷ってきたけれど、作家さんに会ったことはほとんどないし、話なんかしたこともない。

九号室は、アーチの横の狭い階段を上がったところが玄関。上がろうとしたら、そのドアの開く音がして、蔦谷さんの姿が見えた。

「あ」

蔦谷さんも、僕を見る。薄暗いところで蔦谷さんに見下ろされると、まったく知らない人だったらちょっと引いてしまうね。

何ていうか、身体全体に迫力があるんだ。圧を持ってるというか。

「こんばんは、鈴木さん」

「どうも」

「何かありましたか？」

「いや、実は鍵を持たないまま出ちゃいまして、菜名はまだ帰ってこないもんで」

蔦谷さんが、軽く微笑みながらなるほど、って感じで頷く。

「じゃあ、合鍵を持ってきます」

「あ、ひょっとして蔦谷さん、食事に出るところでしたか？」

動きを止めて、そうです、って頷いた。

蔦谷さんが夜はほとんど外食をしていることは、知ってた。近くの店で食べているところを、帰ってきたときに見かけることもよくあるんだ。

「じゃあ、一緒にどうですかね。今日は一人なんでどこかに食べに行こうかと思ってたんですけど」

一瞬、本当に一瞬だけど蔦谷さんは、考えるようにしてからまた頷いた。

「いいですよ。それじゃあ鍵は帰ってきたときでいいですか」

「いいですいいです」

一緒にご飯なんてまるで考えていなかったけど、興味があったんだ。蔦谷さん、僕の周りにはあまりいないタイプで。どこか不思議な雰囲気を持っている。

菜名なんかは、危険な香りのする男の人だよねって言っていた。ああいうタイプの人が、マンションの管理人になったっていうのは、どういう人生を送ってきたんだろうかって。

商店街の中の店、〈ディアマンテ〉にした。

昔ながらの洋食屋さんで、ハンバーグが本当に美味しい。オムライスも人気メニューで、随分前だけど深夜番組でタレントが来てロケをやっていったこともあるんだ。

「僕はハンバーグセットで」

「私は、オムライスにします。セットで」

「飲み物は何にしますかね？」

お店の銀髪のおばあちゃん。ここのシェフの奥さんらしい。二人でもう三十年もここでお店をやってるって話だから、すごいと思う。

「ホットコーヒーで」

「私も、それで」

嶌谷さんは、声もいい。声優にしてもいいんじゃないかってぐらいに。洋画の吹き替えで渋い刑事の役なんかがハマるような感じの。

「なんか、こうやってまともにお話しするのも初めてですよね」

「そうですね」

軽く笑った。笑った顔は、すごく親しみやすいんだよね。一見強面なのにそれがすごいギャップで、逆にいい感じに思えてくるんだ嶌谷さん。

「もうすっかり馴染みましたよね、管理人の仕事も」

「お蔭様で。楽しくやらせてもらっています」

全然楽な仕事じゃないと思う。

いくら午後六時までが管理人の待機時間って言っても、住み込みでいるんだから、ほとんど朝から晩まで二十四時間が仕事みたいなものだ。夜中に突然どこかの部屋の窓ガラスが割れたりしたら、嶌谷さんが修理や手配をしなきゃならない。

この間も、まだ夜の九時ぐらいだったけれど、突然中庭から男の大声が聞こえてきて、何かと思ったら酔っ払いだった。騒ぎながら噴水のところでバタバタしていて、嶌谷さんが駆けつけていた。

本当に単純にただの酔っ払いらしかったけれど、嶌谷さんはわざわざ警察を呼ぶまでもないって、男を引きずるようにして近くの交番まで連れて行った。その連れて行く様も、けっこう恰好良かった。

力強いんだ。きっと喧嘩も強いんじゃないかって思う。

「鈴木さんは、印刷会社にお勤めでしたね」

「そうです。印刷会社の営業です」

「奥さんは、出版社」

「出版社で校閲部ですね。校閲はわかりますか」

はい、と頷いた。

「校正と校閲があるのですよね。もう随分昔ですが、小さな印刷会社で働いたことがあります」

「え、そうなんですか」

それは驚いた。嶌谷さんが軽く手を振った。

「鈴木さんがお勤めのような大きなところじゃありません。本当に小さな、町工場のような印刷屋です。チラシやハガキを刷っているようなところです」

それでも印刷屋の仕事としてはまったく同じだ。原稿から校正、校閲を経てから印刷されていく。

「じゃあその他にも違うお仕事を今までしてきたんですね」

訊いたら、苦笑いを見せて首を横に少し振った。

「人様にお聞かせするようなことはしてきていません。今、この管理人の職を得て本当にほっとしていて、ここで死ぬまで真面目に勤め上げようとしているだけの男です」

口調に真剣さが混じっている。その辺りは訊いてくれるな、ってことか。

わかった。たぶん、人生にいろいろ傷やら失敗やらがあって、今ようやく落ち着ける職を得たってことなんだろう。

ひょっとしたらマジで洒落《しゃれ》にならないこともしてきたのかもしれない。

だったとしても、嶌谷さんから漂う真面目さと頼りがいのある男っていう雰囲気は本物だと思うんだけど。

「うん?」

LINE。

菜名だ。

〈信じられないぐらい順調に終わった!　家に着いた?〉

「あ、すみません。菜名からLINEですね」

「どうぞどうぞ」

それはまた、とんでもなく早く終わったもんだ。

〈鍵を忘れてて外に食事に出た。嶌谷さんと一緒に〉

〈え!　嶌谷さんと!　どこにいるの〉

〈ディアマンテ。まだ注文したばかり〉

〈もう電車に乗ってるから間に合うかも!　そこで待ってて。私もハンバーグ食べたい。たぶん十五分ぐらいで着けると思うから〉

〈了解〉

今日は全然混んでいないから、このままのんびり食べて菜名を待っていても迷惑じゃないだろう。

「菜名が早く終わったので食べに来るそうです」

「そうですか」

あ、菜名に言っておこう。

追加でLINE。

〈嶌谷さんに、今まで何をしてきたかとかは訊いたり話題にしたりしないように〉

〈なんで？〉

〈今ちょっとだけそういう話をして、それだけは理解した。訊いてくれるな、って感じ〉

〈わかった〉

まぁ本当はその辺をいろいろ訊きたかったんだけど、しょうがない。さっきの嶌谷さんの様子で、本当に話したくないことなんだっていうのはわかった。

きっとずっと嶌谷さんはここで働くんだ。僕たちも、とんでもないことでも起こらない限りは〈マンション　フォンティーヌ〉に住み続けるつもりだ。だから、長い長い付き合いになると思う。

そのうちに、そういうことも語り合えるようになるかもしれない。

（そうは言っても）

困ったな。嶌谷さんがどんな人なのか、つまりはどんな人生を歩んできたのかが訊きたくて誘ったんだけど、過去の話がタブーなら何の話をしたらいいやら。

「気づいたと思いますけど、菜名とは仕事で知り合ったんですよ。僕が菜名のところに営業で入っていて」

ああ、って微笑む。

「年上なんです。菜名の方が」

「そうでしたか。おいくつなんですか、鈴木さんは」

「僕は三十五、菜名は三十八になりました」

三つ年上の姉さん女房。結婚したのは五年前。そのときに〈マンション　フォンティーヌ〉に入居した。

「蔦谷さんって、おいくつなんですか?」

「四十五です」

うん、見た目通りか。

「あ、そうしたら、不動産屋の野木さんと同じぐらいじゃないですか」

「そうです。この間ご一緒したときにその話をしましたが、同い年ですね。ただ、学年で言うと私の方が一つ上でした」

早生まれってことだね。

そうか、あれは話しておいた方がいいか。

「こうやって話していくと、そのうちに自然と話題になると思うので先に言っちゃいますけど」

「何でしょう」

「うちは子供ができない夫婦なんですよ。お互いに」

少しだけ嶌谷さんが驚くような表情を見せた。

「そうでしたか」

嶌谷さん、基本あまり自分からは喋らない人だよね。同じような相づちの言葉が多い。

「知らせていただいて良かったです。いつか口にしたかもしれません」

「子供はまだですか、ってね」

笑ってみせる。もうそれはしょうがないことだから気にしたりはしない。むしろこれを言うと皆が気の毒そうな顔をしたり、無神経に訊いてごめんなさいとしゅんとしてしまったりするから逆に申し訳なくなる。

「そうすると、あれですか、奥さんが来られないうちに確認してしまいますが、ご病気ですか」

「そうです。取ってしまったのでもう子供はできないんです」

菜名は、まだもっと若い頃から悩まされてきて、結婚を約束するような恋人もできないうちにそういうことになってしまっていた。だから、自分はもう結婚はできないだろうなってあきらめていたような感じ。

恋人ができたとしても、それを言ってからじゃないとちゃんとしたお付き合いができなかったし、結局それで別れてしまうことがあったんだ。

「お気の毒でしたね。そんな若さで」

「男にはわからないところですよね」

どんなに理解しようとしても、そもそもの身体が違う生き物なんだから、その辛さや苦しさが本当にはきっとわからない。

わかるのは、とても大事なものを失ってしまっているんだということ。それなら、男にだってわかる。

たぶんだけど。

蔦谷さんが、少し首を傾げた。

「お互いに、と鈴木さん先程言いましたが、鈴木さんも、なのですか」

「そうなんですよ」

無精子症。

「種がないんですよね僕。原因はわかりません。今の医学でもはっきりしないそうです」

蔦谷さんが難しい顔をして、小さく頷く。

「知識としてはありますし、昔の知人にも一人いました。すると」

ちらりと周りを見た。店のいちばん奥のテーブルに座って、隣のテーブルにも前にも客はいない。こんな話をしても聞かれることはない。まぁ聞かれたところでどうってこともないのだけど。

「鈴木さんは、奥さんとお付き合いするか、結婚する前にそれを調べたということになりますが」

「そうなんです」

嶌谷さん、頭が回る。

菜名と付き合い出してから、もしくは結婚してからそんな検査をするはずがないんだ。彼女は子供ができないってわかっているんだから。なので、僕はその前に検査をして自分でわかっていたってことになる。

普通は、しないと思う。どんなことにもいろんな例外はあるけれども、無精子症の検査なんて大抵は結婚してから子供ができないので調べるって場合がほとんどだろう。

「あ、来ましたね」

ハンバーグセットと、オムライスのセット。本当に美味しいんだ。これはどちらも。今までの人生で食べたハンバーグの中でいちばん美味しいと個人的には思ってる。

「いただきます」

嶌谷さんが手を合わせながら小声で言う。そういうことを自然にやる人なんだ。最初に見たときから思っていたけれど、とにかく態度がきちんとしている。まるで軍隊にいる人みたいに。

「まぁご飯食べながらするような話じゃないですけど」

男同士で酒を呑みながらするような話だ。でも、もちろん菜名も知ってるし。

「菜名との前に、恋人がいて」

こっちの大学を出て社会人になって、つまり今の会社に入ってすぐに付き合い出したんですよその子と。

あ、僕は九州の人間なんですよ。

長崎です。今も実家は長崎ですよ。親父《おやじ》とお袋《ふくろ》と姉貴が住んでいます。

姉貴がね、いろいろあってシングルマザーになっちゃって、姪《めい》っ子と一緒に実家に住んでいるんで、もう僕はずっとこっちで生きようかなって。

前の彼女の話ですね。

合コンで知り合った看護師さんだったんですよ。

そう、病院勤めの看護師さん。とても可愛い感じの子で、菜名とは正反対のふにゃっとした感じの子。そうそう、菜名はキリッとしてるでしょう？　中学の頃からあだ名でタカラヅカって呼ばれてたそうですよ。

そんな感じでしょう？　タカラヅカの男役みたいな。

で、その看護師の彼女はね、ま、後からわかるんですけど、ものすごく結婚願望が強い子だったんです。

そう、もう彼氏が見つかったら、いい人だったら、すぐにでも結婚して家庭に入って主婦になりたかったんですね。

じゃあなんで看護師やってるんだって思っちゃいましたけどね。いや看護師さんが家庭に入るのを望んじゃいけないとかじゃなくて、ちょっと違和感ありますよね？　すぐに結婚して家庭に入りたい人が、看護師という職業を選んだのはどうしてなんだろうって。

で、どうして結婚願望が強いってわかったかというのが、ちょっと生々しい話になっちゃうんですけど、もう最初の夜からゴムはいらないって言い出して。

そうなんですよ。

いらないって。

ま、僕も若かったし、でそんな彼女の言葉に即刻応えてしまったんですよね。大好きだったし。子供ができちゃったら結婚しちゃえばいいんだなんて思っちゃったし。

彼女にしてみても、既成事実というか、もうできちゃったらそのまま結婚って頭があったんでしょうね。

まぁ今思えばそんな女はちょっとなー、って考えちゃいますけど、そのときは本当にただ夢中になってしまっていて。

そういう話です。

付き合い出して一年近く経った頃に彼女が言い出したんですよね。私の方は問題ないので、僕の方に問題があるんじゃないかって。

そうなんですよ。一年も経てばね、そりゃあ二十代の若さですから。

それなのに妊娠しないっていうのは、明らかに僕の方の問題だろうと。

看護師さんの言葉ですからね。自分でもちょっと疑問には思っていたので、調べたんですよ。

「それで、決定です。僕の中に種がないとわかって、そのまま彼女とはダメになってしまいました」

蔦谷さんが、オムライスを口に運びながら、何とも言えない顔をする。

「何というか、なかなかエキセントリックな女性だったのですね」

「そういう言い方もできるかも」

本当に、そんな人だった。

今は結婚して子供もいるらしいから、ちょっとホッとはしているんだけれど。

「そんなんで、僕は二十四歳の若さでもうそれがわかってしまって」

自分には子供ができない。

それは、女性と付き合うところで結構なハンデになってしまっていた。言わないわけにはいかないし、かといっていきなり言うことでもないだろうし。

「確かに、そうですね」

「あ」

菜名からだ。

〈もう三分で着くからオーダーして〉

〈了解〉

「すみません。注文お願いします」

＊

嶌谷さんと幸介《こうすけ》くんが、向かい合って奥のテーブルに座っていて、店に入って行った私を見て微笑んだ。

その様子がとても自然な空気に包まれていて、あぁ結構話をしてお互いに仲良くなったんだなってすぐにわかって嬉しくなった。

お互いに相手を気に入っているし、好意を持っている。

そういうのが、わかるんだ。

小さい頃から、そうだった。

言い換えると空気を読むのがとても上手《うま》い子供だった。

人と人の間に流れる空気って絶対にあると思うんだ。そういうのが、眼に見えるとまではいかないけれども、幼い私は物心ついたときから感じることができた。

あの人とこの人は仲が悪い。

あの人はこの人のことが好きだけど、この人はあの人が嫌い。

ここにいる人たちは、なんだか全員が仲が悪い。

そんなようなことがはっきりわかって、ひどいときには昼間なのに夜みたいに暗いとまで感じて、それを口にしてしまったりもしていた。幼い子供だったから、しょうがないよね。

幼稚園に入った頃には、それを口にするのはよくないことだっていうのが何となくわかってきて、言わないようになった。

言わなくなった代わりに、本当にその場の雰囲気を読み取って、何というか場をまとめるというか、調整するというか、要するに上手く立ち回ったり率先して何かをやったりするような子供になっていった。

そんなのが、習い性になってしまって今に至る。

いい大人になった今でも、人と人の間に流れる感情みたいなものが感じ取れる。それこそ本当に空気を読むのが上手いんだ。

「お疲れ様でした」

「あ、ありがとうございます。こんばんは」

嶌谷さんの声って、本当に渋く響く。

「突然お食事会になってびっくり」

「いや、本当にたまたま」

幸介くんが言って、嶌谷さんも頷いた。合鍵を借りに行ったらちょうど嶌谷さんが食事に出るところで、じゃあ一緒に、ってなったって。

良かったと思う。

そのうちにリアーヌさんが皆でバーベキューとか食事会とかすると思うけれど、皆でわいわいやるのもいいけれど、こうやって個人的に一緒に食事ができるようになるっていうのはとてもいい。管理人さんとは、どうしたって長いお付き合いになるんだから。

そして、嶌谷さんが身に纏《まと》う空気もとても気になっていたから。

それは、上手く言えない。

どう言えばいいのか。

たとえば幸介くんが身に纏っている空気は、明るい陽射しのようなもの。いつでも相対する人を気持ち良くさせてくれるけれど、ときには暑すぎて嫌に思う人もいる。

リアーヌさんは、木漏《こも》れ日《び》のような空気。いつでも人の心を優しく包んでくれる。

嶌谷さんのそれは、難しい。何かとても厳しく感じるものを、厚い雲で覆っているような。

それでいて、凜《りん》としたものを感じさせる。

椅子に座ったらすぐにハンバーグが出てきてびっくり。

「ちょうど良かったわね」

「ありがとうございます」

〈ディアマンテ〉のおばあさん。いつも優しい笑顔でお客さんを迎えてくれる。この店の味も雰囲気も大好き。

「話は弾んだ？」

訊いたら、二人で苦笑いした。

「いや、印刷屋は辛いよって話を」

「印刷屋？」

「嶌谷さん、まだ若い頃に小さな印刷屋さんで働いたことがあるんだって。それでそんなような話を」

そうだったんだ。何をやってきたかとか昔の話は訊くなってことだったけど、それだけは訊けたんだね。

幸介くんが、軽く頷く。

あの話はしておいたからってLINEに入っていた。それは、助かる。男同士で話しておいてくれたのならとても助かる。

ハンバーグは相変わらず美味しい。

「それは東京でだったんですか?」

「いえ、千葉です」

「千葉」

幸介くんと二人で揃ってしまった。

「鈴木さん、あ、幸介さんは長崎ご出身と言ってましたが、私の生まれは千葉なんです。まぁ東京からはすぐそこですけれど」

千葉の出身だったんだ。そして鈴木夫婦が眼の前に揃ったので、名前で言い直すのも、何だか素敵だ。

「小さな町です」

そこでどんな暮らしをしてきたかも、訊かない方がいいんだろうな。自分で話す気になるまで。

「私の話、幸介くんしました? 東京生まれなんですけど、実家はすぐ近くなんです」

「あ、してなかった」

「そうなんですか? 近くというと」

「墨田区の京島《きょうじま》ってところです」

本当に近くですね、って嶌谷さんが少し驚く。

「そうなんですよ。それで、〈マンション フォンティーヌ〉のことを、小さな頃から知っていたんです。噴水のあるお家って」

小学校の高学年の頃に、自転車が趣味の父親と一緒に日曜日に走っていた。二つ下の妹も一緒に、休日の親子のふれあいを兼ねた自転車ドライブって父は言っていた。

そして、たまたまマンションのところの商店街に立ち寄って、ご飯を食べて、帰る途中で〈マンション　フォンティーヌ〉を見つけた。

「噴水がある！　って私はすごく喜んじゃって、中に入ろうとしたんだけど中庭だったので」

「お父さんがね、リアーヌさんの部屋を見つけて、入っていいですかって頼んだんだよね」

そうなの。

「素敵な噴水だったし、マンションの雰囲気ももう何か外国に来たみたいで、私は夢中になっちゃって」

大きくなったらここに住みたいってその時から思ってしまった。

「妹はそれほどでもなかったんですけどね」

「それで、本当にここに住むようになったのですか」

「そうなんです」

結婚を機に、訊いてみたらちょうど部屋が空くって話になって、喜んだ。

「もうリアーヌさんとは友達になっていたし、マンションに住んでいる人たちとも交流があったし」

本当に良かったと思った。

「妹もたまに来ますけど、名前は奈々子《ななこ》っていうんですよ。奈良の奈の子」

嶌谷さん、ちょっと眼を丸くした。

「菜名さんと、奈々子さんの姉妹《しまい》なんですか」

「名付けがいい加減で困りますよね。一緒に呼ばれると〈なななななこー〉って早口言葉かよっ！　て」

笑ってくれた。私たち姉妹の鉄板ネタ。

嶌谷さん、微笑んで頷いた。

「私にも、妹がいます」

「あ、そうなんですか」

「もう、長いこと会っていませんが」

嶌谷さんが身に纏っている空気が少し揺れた。悲しそうな、悔しそうな、淋《さび》しそうな雰囲気。

ふいに、何かが浮かんできた。

シマタニ。

千葉の生まれ。

長い間会っていない。

あれ？
それは。

市《いち》谷《がや》倫《りん》子《こ》

｜ 二十八歳 ｜

蓼凪《たでなぎ》建設庶務《しょむ》一課勤務

坂上《さかがみ》麻《ま》実《み》奈《な》

｜ 二十三歳 ｜

ファッションブランドショップ店員

市谷さん、何かメイク変えた？　とか。

最近体調いいみたいね、とか。そういうことを、周りの同僚たちに、後輩にも先輩社員にも言われました。

何も変えてませんよ、体調は特に悪くもなく良くもなくですよ、というふうに答えました。

本当に、何も変えていない。

それなのに、立て続けにそう言われるようになった原因は、はっきりと自分ではわかっていました。なので、そう訊いてきた同僚の中で、本当に親しく、そして良くしてくれる何人かには言ってみました。「実は、友人と同居するようになったので、そのせいかもしれません」って。

もちろん女性ですよ、って。同郷の、学校の後輩なんですよって。

同郷って、市谷さん北海道だったよねって。

そうなんです。本当に偶然なんですけど、羽田空港のモノレール乗り場に行く途中でばったり会ったんです。いえ、行きではなく帰り。まったく同じ時期にそれぞれ実家のある札幌に帰省していて、そして同じ飛行機で東京に帰ってきていたんですよ。

びっくりしましたよね。

え？　って。

ひょっとしてって。

いえ、向こうでよく会っていたってわけじゃないんです。そんなに親しいと言えるほどじゃなかったです。

でも、ご近所同士だったんですよ。町内会です。距離で言うとお互いの家の玄関から玄関まで歩いて一分もかからないぐらいの。小学校も中学校も、そして高校も偶然一緒だったんですよね。

近所に住んでいた、私から見たら顔見知りの後輩の女の子。

向こうからすると、近所のお姉さんで学校の先輩。

そんな関係だったんですよ。

五歳違うんです。

そうです。小学校の頃、新入生だったその子と一緒に登下校しましたよ。手を繋いだりしてね。

可愛かったんですよー。本当に、びっくりするくらいに可愛い女の子で、そのときに私は「この子は将来アイドルになるんじゃないか」って思ったぐらいに可愛い女の子。

今でも可愛いんです。

でも、凄いんですよ。全然知らなかったけれど幼稚園の頃から空手をやっていて、高校のときには全国大会で優勝もしたんですって。黒帯の三段だって言ってました。あ、そうですね、お父さんも学生時代に空手をずっとやっていたとか言ってました。

本当に強いんですよ。こっちでも一度道場で稽古《けいこ》をしているところを見学したんですけれど、凄かったです。武道をやっている人はあんな動きができるんだなって目の当《ま》たり《あ》にして驚きました。同じ人間とは思えなかったですよね。私は運動神経はかなり鈍《にぶ》いので。

そんなに強いのに、今はファッションブランドのショップ店員さんなんです。

あ、知ってますか。

そうです、新宿のビルに入っていますね。

可愛いですよねあそこの服。私は全然知らなかったんですけど、その子はもちろん自分のお店の服をいつも着ていますけど、すごく似合っているんです。私にも勧めてくれるんですけど、もちろん全然似合わないのでお断りしてます。

うん、でも少し地味めなおとなしめのカーディガンとかはね、何とか私でも着られたりするので、貰ったものもあるし買ったものもあります。そうそう、会社でも着てるあのカーディガンです。

そうなんですよ。私に似合わないであろう、あのブランドを着ていたのはそういう理由だったんです。

なんか、ふわふわしていて、スタイルも良くて、でも空手の有段者。凄いですよね。マンガのキャラクターにいそうな女の子です。

その子と、そうやって偶然再会してから、何だか急速に仲良くなっちゃって。たまたま住んでいたところも同じ沿線で二駅しか離れていなかったので、毎日のようにそれぞれの部屋に行って晩ご飯を一緒に食べたりして。

そうしているうちに、二人とも一人暮らしだし、一緒に住んだら楽しいだろうし家賃も半分浮くことになるしって。

そうなんです。

それで、今、一緒に暮らしているんですよ。

私の住んでいるマンションに、彼女が来て。


その先は、言えなかった。言ってない。

ルームシェアしているんですよ、って感じで話した。元々、私の部屋は一人で住むには広いって親しい人には話していたから、ちょうど良かったんですよって感じで。

気づいた人はいるかもしれないけど。

たぶんいないと思うけど。

小さい頃から、それこそ物心つく頃から、私が好きになる人はいつも女の子だった。女の人だった。

初恋の人はって話をしたら、小学一年生のときの担任の三輪《みわ》先生だと思う。今でもその姿ははっきりと脳裏《のうり》に浮かべられる。ショートカットの、笑顔が可愛らしくて、活気あふれる先生。当時はまだ二十代半ばだったはず。三輪先生が大好きで大好きで、ずっと一緒にいたいって考えていた。

中学のときも、高校に入っても、大学に行っても、好きになる人は皆女性。男の人には、その表現が適当かどうかはわからないけれど、親しくなっても友情以上の感情は一切湧《わ》いてこない。

だからたぶん、私はレズビアンなんだ。

それは、恥ずかしいことでもなんでもないんだっていうのは、私も理解しているつもりだけれど。

でも、言えないでいる。

誰にも。

もちろん、家族にも。

いつか言えるのかなって思うけれど。

リアーヌさんは、知っている。私が同性愛者だってことを。

マンションの他の人たちはまだ知らない。でも、一人暮らしだった私が麻実奈と一緒に暮らし始めたことで、あぁそうか、って気づいた人はいるかも。

うちのマンションは、なんか、そう言うとあれだけど、少しわけありの人が多いし、皆が顔見知りで仲が良いから。

「そうなの？」

「うん、まぁ」

麻実奈は料理も上手。まるでシェフみたいに冷蔵庫にあるものを確認して「よし」とか言いながら、パパッと美味しいものを作ってしまえる。

私も、そこそこ料理をする方だし上手だと思っていたけれど、麻実奈みたいにパパッとは作れない。レシピさえわかっていれば、何でもきちんと作れるけれど。

今日は、麻実奈が作った簡単ミネストローネに白いご飯、それと冷凍の美味しいハンバーグ。ハンバーグは同じトマトスープで少し煮込んでいるので、最後の方はミネストローネにご飯を入れてハンバーグを入れてチーズもかけてチンしちゃうと、なんかお行儀が悪い感じだけど、とても美味しいハンバーグトマトドリアみたいになる。

こういう発想が、私はできない。麻実奈はどこまでも自由な子だ。自由なくせに、空手をやってるせいか、いろんな意味で芯《しん》が強い。芯が強くて自由だったら無敵なんじゃないかって思う。

「わけあり、っていうのは、そのうちにわかるだろうから訊かなくてもいい？」

「そう、かな」

そのうちに、リアーヌさん主催で皆でご飯を食べたりするから、わかってくることもあるだろうけど。

「とりあえず、二号室の鈴木さんのところは子供ができないんだ。それは知ってた方がいいかも」

むぅ、とか変な声を出して麻実奈が渋い顔で了解って頷いた。

「わけあり、っていうのはそんな感じの？」

「そんな感じの。もちろん皆が皆じゃないよ」

「他に仲良くなる前に事情を知っておいた方がいい人はいる？」

三号室の三科さんかな。

「彼女は、ＤＶの夫から逃げ出してきたの。だから、娘さんと二人きりのシングルマザー」

あの人か、って小さな声で麻実奈が言う。

「マンションの皆がそのことを知ってるってことは、リアーヌさんが説明したとか？」

うん、そう。噴水のところでバーベキューをやったときにリアーヌさんが。

どうしてそんな話を皆にしなきゃならないかっていうのは、もしも、その夫が押しかけてきたときとかに、うまく対処できるように。その他にも、普段の生活からいろいろと助けてあげられるように。

そういうことができる人たちが、ここには住んでいるから。そういう人たちに住んでもらいたいからってリアーヌさんが希望しているから。

だから、ここに入居するときには必ずリアーヌさんの面接がある。扱っている不動産会社も、野木さんのところしかない。

〈マンション　フォンティーヌ〉は、そんなマンション。

「逃げ出してきたってことは、まだ離婚が成立していないとか？」

「ううん、何とか離婚はしたみたいだけれど」

「それなのに、まだそんな心配してるってことは、その元夫はマジでかなりヤバい奴なのね」

「そうみたい。野木さんは会ったよね？　不動産屋の」

「会った」

「野木さんのところの若い社員さんがたまたま三科さんの友達だったんだって。それで、事情を知ったその友達が野木さんに相談して」

ああなるほど、ってハンバーグを食べて麻実奈が頷く。

「野木さんがリアーヌさんに言って、彼女をここに来させたのね。こっそり三科さん親子を」

そういうこと。

だから、本当の意味で深いわけありっていうのは三科さんだけかもしれないけど。

「じゃあ、三科さんを捜して元夫がここに殴り込んでくる、なんてこともあるかもしれないんだね」

「ない方がいいけれど、可能性はゼロでもないみたい」

「でも、大丈夫だ」

「え、何が」

にいっ、て麻実奈が笑みを浮かべた。

「私がここに来たから。これからは私がいるときに元夫が来たら、叩きのめしてあげられる。一発で」

「いやー、それは」

確かに安心かもしれないけど。そもそもそんな暴力沙汰は起こしてはいけないけれども。

「元夫さんが、強い人だったらどうするの」

「どんなに強くても、武道とか格闘技をやっていない限りは負ける気はしないかな」

「本当に？」

「本当に。私は天才って言われたぐらい強いから」

「でも、力の強い男の人に捕まったりしたら」

「一対一なら捕まりもしないし、仮に捕まっても一発でのせる」

そんなに強いのか麻実奈は。

「リアーヌさんは、倫子さんのことを知ってるんだよね。レズだって」

「知ってる」

「それで、このマンションに来たってことだったの？　わけありなんて言いたくはないけれども」

「あぁ」

リアーヌさんは、私が女性しか愛せないのを知ってるこの世でただ一人の人。あ、麻実奈で二人目になったけれど。

私は、宝塚《たからづか》が大好きだ。ヅカファンともヅカオタとも言われるけれど、自分ではまだそこまで行っていないというか、そろそろそうかもしれないってところまで来てるとは思うけれども。

なんたってお給料のほとんどは舞台を観るために、観劇のために使っているから。いつも持っているカバンには高性能のオペラグラスも入っているし、なんだったら顔写真とプロフィールが載っている〈ハンディおとめ〉も入っている。

「リアーヌさんも、観劇好きなの。宝塚だけってわけじゃなくて、ミュージカルとか演劇とか幅広く」

「そうなんだ」

「近頃はもう体力もなくなってきたし、観に行くだけで疲れることも多いから行っていないらしいんだけど、四、五年近く前かな」

私が前のアパートに住んでいたとき、たまたま東京宝塚劇場でリアーヌさんと一緒になった。すぐ隣の席。そうしたら、途中でリアーヌさんが具合悪そうにしているのに気づいてしまった。

「貧血か、あるいは暑さにやられたっぽかったんだよね。その日は何だか空調の効きが悪くて」

「大丈夫だったんだよね？」

「もちろん」

途中で退席してロビーに連れ出して、係員の人と一緒にお水を飲ませたりソファに横にならせたり。

「救急車を呼ぼうかとも思ったけど、本人の意識がしっかりしていたし、大丈夫だって言うからね」

そのまま休ませて、家族を呼ぼうかと訊いたら一人暮らしだって言うし、でもお年寄りだから一人で帰すわけにもいかないなって。

「一緒に帰ってきたの。ここに」

「リアーヌさんの部屋にね。そんな出会いだったんだね」

「本当に、出会いだったなぁって思う」

まったくの偶然なのに。

素敵なマンションに、素敵な部屋。そしてリアーヌさんも素敵な人。あれこれと話をして、
次の日は休日だったので、お礼をしたいから良かったら泊まっていってちょうだいって言われ

て、そのご厚意に甘えて泊まって。

「その日のうちに、何もかも話しちゃったんだね」

「そうなの」

大学で建築を学んで希望の建設会社に入れたのに、やらされているのは庶務やら建築経理という仕事で、その愚痴とか不満とか、内気で引っ込み思案な自分への不満とか、将来の不安とか。父は幼い頃に亡くしていて、女手ひとつで育ててくれたけれども過干渉だった母との確執とか。

そして、小さい頃から女の子が大好きだったことも。

今は自分はレズビアンだとはっきり自覚しているけれども、それを他人はもちろん家族にも言えずにいることも。

全部話してしまった。

「今までこんなにも自分のことを人に話したことはないってくらい、話し続けてしまって」

リアーヌさんは、それをじっと聞いてくれて。

「リアーヌさんって、そうだよね」

「うん」

まるで木漏れ日のような優しさで包んでくれる人。その微笑みを見ていると、何でも聞いてくれそうに思えて、そして話してしまえる人。

こんな人が大家さんという〈マンション　フォンティーヌ〉。前住んでいるところは大学入学のときに、ほとんど勢いで決めたアパート。不満はいろいろあった。

こういうマンションに住めたらいいなって。

「半年後に結婚して引っ越すという人が、この部屋にいたので」

「その場で、決めちゃったんだね」

そうなんだ。

ここに来て、住めて、本当に良かったって思っている。ずっとここに住み続けたいとも。

＊

「あれっ」

声が後ろから聞こえて、その明るい響きの声の主の顔がすぐに浮かんできて、振り返ったらやっぱり菜名さん。

二号室の、奥さんの菜名さん。

「わー、偶然」

菜名さんは大きな重そうなトートバッグを肩にかけて、ひらひら手を振って。

「そうか、新宿だもんねお店」

「そうなんですー」

交差点の手前。赤信号で待っていたら菜名さん。マンション以外で会うのは本当に初めてだ。出勤時間が全然違うから、朝も会わないし。

なんか、偶然だ。ついこの間、四号室の貫田さんとバッタリ会って一緒にご飯を食べて、マンションの人に外で会うのは初めてだなー、って話を倫子さんにしたばかりなのに。

今度は菜名さん。

こういうのって、続くもんだよね。

「お仕事ですか？」

仕事モードの菜名さん。着ている服は、割と地味めな色合いのパンツとジャケット。ほとんど座りっ放しの仕事だから、柔らかくて着やすい服がいちばんで、なんだったら部屋着を持ち込みたいぐらいって前に会ったときに話していたっけ。

「そうなの。ちょっと資料を取りに来て、社に帰ろうとしていたところ。麻実奈さんは？　休憩？」

「です。そこのカフェに行こうかなって」

菜名さんが頷きながら、道路の向こうのカフェを見た。

「ご一緒しちゃっていい？　私も一息ついてから帰ろうと思っていたんだけど」

「いいですいいです。行きましょう行きましょう」

お話ししましょう。菜名さんは、いかにも出版社勤務って感じのパリッとしてて頭の良さそうなお姉さん。年は、三十八。アラフォーって言ってた。私よりも一回り以上上の、人生の先輩。


「あぁそうなんだ。貫田くんとね。彼も新宿だもんね働いているの」

「そうなんです」

貫田さんとバッタリ会ってご飯を一緒に食べたって話をして、それがほんの三日前で、今日は菜名さんに会ったって。やっぱり、そういうのって続くものよねって菜名さんも言う。冠婚葬祭《かんこんそうさい》とか、偶然の出会いとか、そういうものって意外と続けてやってきてしまうものだって。

「結婚式はね、まぁ年齢もあるから続くのが割とあたりまえだけど、麻実奈さんもあれでしょ？　二十三歳よね？」

「そうです」

「そろそろ出てくるんじゃないの、友人の結婚式とかが」

「あー、ありますね」

まだ早いことは早いけど、もう同級生の何人かは結婚してる。

「ここから三十までに立て続けにどんどん来るわよ。招待状が」

「でも、故郷が遠いから、出られないって場合がほとんどだと思うんですよね」

「北海道だったね。そうだそうだ」

故郷を出ている同級生も確かにいるけれども、たぶん半分以上、三分の二ぐらいは札幌に残っているはず。結婚式も札幌でやることが多くなるんじゃないかな。

「貫田さん、イケメンだし性格もいい人っぽいのに独身なんですよね」

三十三歳の独身男性。しかもハーフ。仕事もバリバリやってるって感じなのに。

「貫田くんはねー。もうこっちに来て三年ぐらい経ったのかなー」

「そう言ってましたね」

「割とうちの人と話が合って、たまに一緒に飲んだりしてるんだけど」

「あ、そうなんですね」

そういえば、あの二人は何となく合いそうだ。どっちも社交的で、話し上手で聞き上手でもある。

「自分が女性の敵だってことを自覚してるみたい」

「敵ですか」

「一人を選んでずっと一緒に生きていくなんてことはまるで考えられないって。自分で自分のことはわかってるのね」

あー、そういう人なんだ貫田さん。

「それこそフランス人っぽいんですかね。あ、なんか偏見っぽいですけど、向こうの人ってこう、くっつくのも離れるのも自由っぽくて」

笑った。

「そうなのかもね。私もフランス生まれの友人はそれこそ貫田くんだけだけど」

「でもわかってるなら、それはそれで」

そういう付き合い方をしていけば、お互いに納得して過ごせばいいだけの話だから。

「いい人だけどね、貫田くん。マンションに来てから、実は何度か仕事をお願いしてるんだ」

「あ、あれですか、外国語のことで」

菜名さんは出版社で小説とかの校閲をやっている人だ。

「そうなの。もちろん自分でも調べられるけれど、やっぱり言葉って生き物で、現地で育った人の感覚の方がベストって場合があるから」

なるほど。

「仕事はできるし、本当に言葉に関しては素晴らしい感覚を持っている。あれだけ日本語とフランス語とその他諸々の言語を駆使できる人なんて、本当に貴重で、翻訳家としてやってくれないかなぁっていつも思うの」

「やらないいんですよね。本人も通訳はするけど翻訳はしないって」

その感覚が、どうしてなのか疑問だったんだけど。

「話し言葉と書き言葉って、感覚が本人の中ではっきり分かれてるんでしょうね。話すことはできても、文学としての言葉の感覚が自分の中にはないんだって、思ってるのかな？」

「うーん」

その辺は、よくわからないけど。

「あれですかね。私、服飾関係の学校出てるんですけど」

「うん、そうだったよね」

「ちゃんと習ったのに、服のデザイン画は描けても型紙の作図が描けない作れないって人がいるんですよね。そんなような感覚なんでしょうかね」

「あー、なるほど。それはおもしろい解釈ね」

うんうん、って何度も頷いた。

「そんな感じなのかもね」

貫田さん、おもしろい人だ。

「そういえば、貫田さんとお食事した帰り道なんですけど、マンションに着く前に嶌谷さんに会ったんですよ」

「あらそう」

和食の店から出てきた嶌谷さんと、ガラの悪い男と、女の人のこと。

嶌谷さんがその男の人に絡まれて、しかも男は一緒にいる女の人にＤＶまがいのようなことをしていて店に迷惑も掛けていた。

男が表に出ろってなって、嶌谷さんが軽くあしらっていた話。

「へぇ、そんなことが」

「貫田さんは感心していましたけど、やっぱり強いんだなって」

でも、武道の心得はないなって話もした。

単純に、身体が強くて喧嘩も強いって感じ。

「あぁいう人が管理人さんにいると、心強いですよね」

うん、って菜名さんが頷いて、ちょっと顔を顰めて何か考えているふうにした。

「何かありました？」

「うん、や、嶌谷さんね。きっと昔はいろいろあった人だなっていうのは、思っていたのよ」

そうですよね。私も思ったし、倫子さんもそんな感じはあるって話していた。でも、あのリアーヌさんが管理人として雇ったのだから、きっと間違いはないだろうって。このマンションをしっかり、いろんな意味で守ってくれる人なんだって。

「それは、そう。でね」

この間、嶌谷さんとご飯を食べたんだって菜名さん。旦那さんの幸介さんも一緒に〈ディアマンテ〉で。

「たまたまだったんだけどね。私が遅くなって、幸介が鍵を忘れてて」

蔦谷さんのところに合鍵を借りに行ったらちょうど食事をしに出かけるところで、じゃあって一緒に食べに行った。

「あれやこれや話していてね。私に妹がいるんだって話になって、そうしたら蔦谷さんにも妹さんがいるんだって。もう随分長い間会っていないんだって、そして千葉の出身なんだって話をしてくれて」

「へぇ」

妹さんがいたのか。そして千葉県出身だったのか。

「で、思い出したの」

「何をですか」

「以前、一緒に働いていた人がいるんだけど、何年前だったかな、それこそ三年ぐらい前に違う出版社に移ったんだ。文芸の編集者で」

なるほど。

「それはまぁ、よくあることなのよ。何かトラブルがあったとかじゃなくて、単純にそっちの会社の方がやりたいことができるとか、もっと単純にお給料がいいとかね」

「ありますよね。どんな業界でも」

私のところでもある。つい昨日までうちの服を売っていたのに、今日からめっちゃライバルなところで服売ります、なんてのも。

「で、その子とはすごく仲が良くて、今でもよく連絡は取り合っているんだけど、彼女も長い間会っていないお兄さんがいるの」

「え」

「そして、千葉出身なのよ」

偶然？

「さらにはね、これはうろ覚えなんだけど、彼女は橋本杏子って言うんだけど、今のご両親は彼女を養子にしてくれた親で、その前はシマタニって名前だったはずなの」

「え！」

シマタニって。

「同じ名字じゃないですか！」

「同じ漢字かどうかはわからないんだけど、でも、偶然かもしれないけど、揃っちゃってるわよね」

「揃ってます」

長い間会っていない兄妹、千葉県出身、シマタニさん。

「それって、そのお二人が長い間会っていない兄妹なんじゃないんですか？」

「ねぇ」

また菜名さん、顔を顰めた。

「どうして長い間会っていないのか、確か二十年以上も会ってないとか言ってたのよね」

二十年以上。

「その理由は、訊いたんですか」

「はっきりとは言ってなかったんだけど、まぁ刑務所に入ったとかそんな感じだったかなぁ」

「あー」

そっちですか。

「でも、ますますそれって嶌谷さんじゃないですか」

確証はないけれども。

「表現悪いですけど、嶌谷さん、一度や二度は臭い飯を食ってきましたって聞かされても、うん、なるほどねって頷けますよ」

「そうなんだよね。でもね、杏子ね、その橋本杏子はね」

「はい」

「お兄さんは、自分を遠ざけているって。会いたいのに、会いに来てくれないって言ってたのよ確か」

「つまりあれですかね。寅《とら》さんですかね。俺がいたんじゃお嫁に行けぬって感じで、嶌谷さんは妹さんに近づかないと」

「若いのに寅さんなんか知ってるのね」

好きなんです。寅さんシリーズ。

「それかもしれないし、単純にお互いに居場所を知らないのかもしれないし」

「そっちもありますね」

うーん、って唸《うな》ってしまった。

「や、ごめんなさいね。全然違うかもしれないんだけど、この間そんなことに気づいてしまって、これはどうしようかな確かめた方がいいのかなって一人で悶々《もんもん》としてたので」

「いや、いいですいいです。私もそのお店の件があって、嶌谷さんがどんな人なのかってすっごく気になっていたし」

確かにそれは気になる。

「菜名さんは、どっちの二人にも確かめられる立場にいるけれど、でも全然的外《まとはず》れだったりしたら恥ずかしいし失礼だし」

「的外れもそうだけど、ドンピシャだった場合も、果たしてそれは私が確かめていいことなのかどうかっていうのも、ねぇ。考えちゃって」

「確かに」

これは、悩む。悩むのはわかる。

「単なる間違いや偶然で済めばいいんですけど、済まなかったりしたら」

とんでもない問題を孕《はら》んでいたりなんかしたら。

「困りますよね」

「ねぇ」

三科百合《みしなゆり》

| 二十七歳 |

いとファクトリー縫製《ほうせい》・パタンナー

三科　杏《あんず》

| 五歳 |

幼稚園年長さん

久しぶりの、ガーデンパーティ。

　なんかいまだにその言葉を思うだけでちょっと気恥ずかしいんだけれども、ここの中庭でやると本当にその言葉が似合っていると思う。ここは日本だけど、もしも動画で撮影したら、間違いなくどこか外国でやっている風景に見えるはず。

　参加はもちろん強制なんかではなく自由だけれども、全員が顔を出せるようにリアーヌさんが調整して日程を決めている。費用も材料もリアーヌさん持ちだけれども、それぞれが手元にある野菜なんかを持ち込んだり、手作りの料理を出したりしている。

　こんなふうにマンションの住人皆が集まって楽しむパーティがあるなんて、考えられない。大きな中庭があって周りにまったく迷惑を掛けることもないからっていうのも確かにあるけれども、やっぱり住んでいる人たちが皆いい人たちだからなんだと思う。

　本当に〈マンション　フォンティーヌ〉は素敵なところだ。

　こんなマンションで暮らせているなんて、引っ越してきて一年以上が過ぎてもまだ信じられない。大げさかもしれないけれども、毎日が夢の中にいるみたいに思えてくる。夢ならずっと覚めないでって思っている。

　前の暮らしのことなんか、思い出したくもないので、この夢のような世界の思い出がどんどん多くなっていって増えていって、過去の記憶を頭の中から全部追い出してくれたらいいのにって。

そんなふうに思うのも、全部終わったはずなんだけど、自分はまだ逃げたままなんだっていうのがあるんだと思う。

自分の力じゃなく、周りの人に助けられて逃げることができて、ここにいるだけなんだって。そして逃げた相手は、まだあそこにいるんだって。一年以上経ってもその影にずっと怯《おび》えている自分がいるから、わかるから、そう考えてしまうんだろうって。

自分の力だけで逃げ出せていたらそんなふうには思わなかったのに。

強くならなきゃ。杏《あんず》のために。この子の未来を守るために。このマンションにいる皆さんにも助けられて、すくすくと育っている杏を。

市谷さんと一緒に暮らし始めた六号室の坂上麻実奈さん。

九号室の新しい管理人の蔦谷拓次《たくじ》さん。

そしていちばん新しい住人になった八号室の羽見晃さん。今回のガーデンパーティはその三人の歓迎会みたいなもの。

坂上さんと蔦谷さんは、朝の出勤時によく中庭で会ったりするので、もうすっかり顔馴染みにはなっているけれども、まだしっかりと話したことはない。羽見さんは、小説家さんだそうで、ほとんど部屋にいるし、外に出る時間なんていうのも特に決まっていないのだろうから、まだ二、三回しか顔を合わせていない。

まだ小説家としてはデビューしたばかりだそうだけど、坂東教授の話では将来有望な作家さんだって。

小説家の人に会うなんて初めて。羽見さんは背が高いけれども、とても大人しい感じの人だ。何でも膠原病《こうげんびょう》という病を抱えてしまって仕事も続けられなくなって、それで小説を書いたらデビューできたっていう、たぶんものすごく運が良い人なんだ。もちろん、その運の良さに見合った才能もあったんだろうけど。

坂上麻実奈さんは、本当に可愛らしい雰囲気の人だ。

単なる偶然なんだろうけど、ここのマンションの女性たちは私も含めて身長が高い人ばかりが集まってしまって、その中で麻実奈さんはちょっと背が低くて、顔もアイドルみたいに可愛くて、まるでお人形さんみたいに思える。

十月も半《なか》ばを過ぎて、秋の気配がほんのりと感じられるようになってきて、今日も夕方にはちょうど良い感じで風が吹いている。長袖のシャツを着ていれば暑くもなく寒くもなく。

日曜日の、夕方。いつもガーデンパーティは、お肉と野菜を焼いてバゲットや食パンに挟んだりして皆で食べるというものすごくシンプルなものに、リアーヌさんがシチューとかお得意の煮込み料理を出してくれるのだけれど、今日はポトフと、なんとお汁粉《しるこ》もデザートとしてメニューに加わっていた。

たっぷりの粒あんで白玉団子《しらたまだんご》が入った田舎《いなか》汁粉。そんなに甘くなくて、田舎と言いながら上品な味わいでとても美味しい。リアーヌさんはフランス人だけれど、日本で暮らしてもう六十年以上。料理は大好きだし、日本の家庭料理の方がむしろ得意になってしまっているそうだ。肉を焼くのは、貫田さんと鈴木さん。お二人は年齢も近いし気が合うみたいで、二人でお酒を飲みに行ったりもしているみたいだ。そして二人ともアルバイトで調理経験があるので、肉を焼くぐらいはお手の物。

「三科さんって、通っていた専門学校が服飾関係って前に言ってましたよね」

市谷さんが坂上さんと一緒に私に言った。

「そうですよ」

「私もなんです」

「えっ」

坂上さんが言ったのは、私と同じ学校の名前。

「じゃあ、西谷《にしたに》先生の」

「そうですそうです」

わーっ、て坂上さん、麻実奈さんと手を握り合ってしまって、それを見ていた杏もつられてなぜかわからないけど嬉しくなってしまったようで、一緒になってぴょんぴょん跳んで。

「なかよしー!」

「うん、仲良しだねー」

本当に。同じ学校で学んだ人たちとはほとんど縁が切れてしまっていて、まさか坂上さんが後輩だったなんて。新宿で有名なブランドのショップで働いているって聞いていたから、もちろん服やファッションが大好きなんだろうなとは思っていたけれど。

「三科さん、おいくつでしたっけ」

「今年二十七です」

「私二十三なので、四つ先輩ですね」

専門学校では擦れ違うこともなかった年齢差だけど、まさか同じところで学んだ仲間が同じマンションに来たなんて。嬉しい。

「あ、じゃあ今の三科さんのお仕事って」

麻実奈さんが手をポンと打った。

「そう、縫製《ほうせい》をやってます。近いんですよ。たまたまなんですけど〈いとファクトリー〉っていう縫製とパターンをやってる会社で」

杏がいるのでフルタイムで働くのは無理なんだけど、私は家が近いので、ミシンを貸してもらって部屋でできる作業は持ち帰ってやっている。

「そういうのも、いいですよねー。やってみたいんですけど、外でお客様と触れ合えてなおかつファッションに接していられるって今の仕事も捨てがたくて」

「そうですよね」

私も、実はショップで服を売ってみたい。でも、人前に出る仕事は、少なくとも今はできない。誰に会うかもわからない。私がどこにいるのか、あの人に知られる可能性は少しでも減らさなきゃならない。

楽しい。同じところに住む人たち皆と、お喋りができる。皆がこのマンションが大好きで、ここで楽しく暮らしていきたいっていうのが素直に伝わってくる。本当に、ここに来られたのは幸運だったと思っている。

「あれよ、羽見さんも坂上さんも」

坂東教授が言った。

「まぁ坂上さんは倫子ちゃんと一緒だからあれだけど」

「はい？」

「こうやって皆とご飯を食べたりするとね、今度誰かと一緒に部屋でご飯を食べようなんて話になったときに、他の皆も誘わないとまずいかしら、なんて思っちゃうものだけどそれは気にしないでいいからね」

そう、私も最初はそう思っていたけど、入居したとき教授から言われた。

「いちいち皆を誘っていると毎回パーティになっちゃうからね。誰かと話したいときにはその人と話す。そんなのでいいからね」

わかりました、って羽見さんも坂上さんも微笑んで頷いた。

でも、このマンションは部屋が広いから、五、六人が集まっても全然狭くない。そして女性陣は羽見さんが来て、リアーヌさんを加えて全部で七人になった。

きっとまた、誰かからうちでお茶でもしない？　って話になって、じゃあ今来られる他の皆も呼んじゃおうってなる。私が来てからも、もう何回かそういうお茶会はしてるから。

「百合ちゃん」

リアーヌさんが、私を呼んだ。

「後でね、杏ちゃんが寝てからでいいんだけど、ちょっと部屋にお邪魔していいかしら」

「はい、全然構いませんけれど」

何だろう。何か話があるんだろうけど。

「嶌谷さんも一緒に行くので」

嶌谷さんも。私が不思議そうな顔をしたんでしょう。リアーヌさんはほんの少し顔を顰めて、声を潜めた。

「前の人のことでね。ちょっと」

前の人。

それは、元の夫のこと。

＊

「本当に偶然、というか、たまたまだったんです」

嶌谷さんが、静かに言います。

杏はもう二階でぐっすりだけれど、いつにも増して嶌谷さんの声が低く静かに響く。

「日曜日は、一応管理人業務は休みです。それでも午前中はなるべく部屋にいるようにしていますが、午後からはあちこち出歩いています。健康のためでもあるんですが、自分のために電車も使わずに歩いています」

リアーヌさんが、そうですよね、って頷きました。

私も、見たことがある。駅で降りたら、嶌谷さんが向こうから歩いてやってくるのを。あぁ電車を使ってないんだなって思ったことも。

「歩いているときには、周りの風景をずっと見ています。歩いている人たちや、通り過ぎる車や、通りのお店で働いている人たち。そういうあたりまえのものをずっと見ています」

「観察してるのですか?」

「観察、という意識ではないのですが、自分が失っていた普通の暮らしを、得ようとしなかったものを、きちんと真っ当《まとう》にしている人たちのことをしっかりと考えよう、ちゃんと知ろうと。スーツを着て急いで歩いているあの男性は四十代ぐらいで会社員なのだろう。結婚指輪をしているから奥さんも子供もいるのだろう。どんな仕事をして今ああいうふうにしているのだろう」

一度息を吐きました。

「そんなふうに想像したり、考えてたりしています。自分が壊してしまったかもしれない誰かの普通の生活のことを、きちんと知って、大切にしなければならないものなんだと自分にはっきりとわからせるためにも」

そう言ってから、一度眼を伏せ、私を見ました。

「皆さんにはお伝えしていなかったのですが、いずれ機会があれば話そうと思っていました。私は以前暴力団に、ヤクザですね。そこに属していた人間で、刑務所に何度も入っていたことがある男です。前科者です」

驚きはしません。

はっきりそう感じていたわけじゃないですけれど、何かしら過去にあった人なんだろうな、とは思っていましたから。

「もう二度とそんな生活に戻るわけにはいきません。ですから、私と違い、ちゃんとしている人たちのことをきちんと知ろうと思って、そんなことをしていました」

「それは、今まで自分の周りにそういう人がいなかったから、ですか？」

「もちろんいました。それに、私も小さい頃からそんな人間だったわけじゃありません。ごく普通の子供でした。高校も、中退ですが通っていました。ですけど、何でしょう」

考えるように、少し下を向きました。

「身の上話をするつもりはなかったのですが、父も母も真面目な人だったと思うのですが、不幸に見舞われました。父はそれこそヤクザのいざこざに巻き込まれて死に、母も病で私が中学生のときに死にました。理不尽、という言葉をそのときに思ったわけではありませんが、どうして自分たちはこんな目に遭うのだろう。何が悪いのだろう、何も悪いことしていないだろう、と。怒りだけでその頃は生きていたように思います」

リアーヌさんが、唇を引き締めて小さく頷きます。

「私は、あの戦争の真っ最中にフランスで生まれたのよ」

それは聞いていました。誰もが知る、学校でも習う、今のところは最後の世界大戦。

「まさしく、ね。理不尽よね。誰も戦争なんか望んでいなかったのに。たくさんの人が死んでいったわ。敵も味方も」

今も、どこかで行なわれているかもしれない戦い。どうしてそんなことになってしまうのだろうと、ニュースで知る度に思っています。苦しみと悲しみしかないのがわかっているのに。

「世の中はそんなものなんだ、と、眼を瞑《つむ》ってしまったんでしょう。気がついたらもうヤクザな世界にどっぷりつかっていました。ですが、そうではない、というのもわかっていたのですよね。私には妹がいるのですが」

妹さん。

「私とまったく同じ境遇なのですが、今は家族を得てちゃんとした社会人として立派に生きています。長いこと会っていませんが、そのはずです。妹は私の周りにもいたはずのたくさんの善意の人に支えられて生きています」

だから、と、嶌谷さんは少し笑みを見せました。

「ようやく、この普通の、ちゃんと生きている人たちの世界に立たせてもらった。もしも、私の身の回りで何かが起こってそういう人たちが困っていたのなら、何をおいてもすぐに助けに行けるように、とも考えていました」

だから、休みの日の散歩の最中でも、常に周囲に気を配っていた。そういうことなんでしょう。

すごくよくわかるような気がしました。

私も、同じようなことを考えたから。

どうして私はこうなんだろうって。ちゃんとできる人は周りにたくさんいるのに、どうして私にはできないんだろう。

その違いは何なのだろう。そう思って、友達や周りにいる人のことをきちんと考えてみたり、よく見てみたりしていました。今まで、何度も。

「それで、わかったのね」

リアーヌさんが言うと、嶌谷さんが頷きます。

「その男に気づいたのは、ここに初めて来たときのことです。まだ契約する前ですね。そのときは電車でやってきて、そうしてその男も駅にいたのです。出口のところで、誰かを待っているような、捜しているような様子に思えました。最初は、いい男だな、と思ったから記憶に残ったんです」

「いい男だったのね」

「はい、二枚目の俳優にしてもいいような、そして人当たりの良さそうな。私と正反対の感じで、こんな外見の男だったら私にももっと違う人生があったかも、などと思ってしまったほどに」

それも、わかる。

そんな人だから。

「なので、二度目に会ったときにはすぐに思い出しました。あのときこの駅にいた男だと。また同じように駅で誰かを捜すように、待っているように見えたのです。ただ、そのときに気づいたのですが、その男は、改札から出てくる人たちから隠れるようにして立っていたのです」

「それは」

リアーヌさんが顔を顰めながら言います。

「改札から出てくるときに、その人に気づかれないように、かしら?」

「そんな感じに思えました。誰かと待ち合わせならそんなことはしないでしょう。つまり、この男は人を捜しているのか。しかもその人にバレないように、と」

捜していたんだ。

駅から降りてくる私を。

「ここに来て私は三ヶ月です。およそ九十日。その間に、その男を都合四度駅で見かけました。確信しました。この男は、この駅で降りる人を捜しているのだと。曜日はまちまちでしたから普通のサラリーマンではないだろうと。少なくともある程度自由に働けるような職業だと。私も毎日駅付近を歩くわけではないですから、もっと何度も来ているのかもしれない。そして、ふと、思い出したのです」

「私の、元の夫の話をですね」

ゆっくり、嶌谷さんが頷きます。

「詳しい話は、聞いてはいませんでした。ただ、野木さんからは『三科さんは夫のＤＶに遭って逃げ出した人なのです』と。『ひどい奴ですね、どんな男だったんでしょうね』と。それぐらいの感じの会話です」

「野木さんは、弁護士さんを立ててくれたから、顔を見知っているものね」

私も頷きました。リアーヌさんは、全部事情を知っていますが、夫の顔までは知りません。私は写真すら持っていませんから。

このマンションの関係者で、元夫のことを全部知っているのは、不動産屋さんの野木さんだけです。

「野木さんは、『それが見た目ではまったく想像つかないぐらい、いい男だったんですけどね』と言いました。まったく人は見かけによらない、と。私が聞いたのはそれぐらいの話でした。でも、ピンと来たんです」

その駅で誰かを捜していたのは、私の元夫ではないか、と。

「そういうカンみたいなものは、あなたの過ごしてきた人生の中で養われたものかしらね」

リアーヌさんが言って、嶌谷さんが少し苦笑いしました。

「案外、そうかもしれませんね。危険なもの、危ないもの、そういうものに対してのカンは、普通の人よりも鋭く働くかもしれません」

嶌谷さんは、暴力団にいた人。確かに、そういうものには敏感になっていくものかもしれない。

むしろ、そういうものを糧《かて》にして生きていくような人たちではないのかしら。

「それで、写真を撮りました。気づかれないように」

嶌谷さんが、自分のスマホを開いて、見せてくれたさっきの写真。

そこに写っていたのは、元夫。

見せてもらったとき、身体が一瞬震えました。もう二度と会いたくない、顔も見たくないと思っている男。

「元の夫の、篠山昌樹《しのやままさき》です。間違いありません」

リアーヌさんも、嶌谷さんも、顔を顰めました。

「間違いなく、三科さんを捜しているのでしょうね。それ以外に彼がこの駅に来る理由など思い当たる？」

「ありません。あの人は、この辺りには何の関係もないはずです」

ひょっとしたら何かまったく別の理由があるのかもしれないけれども、少なくとも私にはまったくわからない。思い当たらない。

「どうやって、調べたのかしら。三科さんがこの駅を利用しているって」

それも、わかりません。

「私も、毎日駅を使っているわけではないですから」

「そうよね」

職場はマンションから近い。毎日、自転車で通っている。駅を使うなんて、杏を連れてどこかにお出かけするときぐらいだから、一ヶ月に一回か二回か、それぐらいでしかない。

嶌谷さんが、唇を引き締めます。

「たとえばの話ですが、私がこの男を脅《おど》すことはできるでしょう」

「それは」

「止《や》めた方がいいわ。そんなことしちゃ駄目よ。そりゃああなたにしてみれば、こんな優《やさ》男《おとこ》、暴力なんか使わなくたって震え上がらせることはできるでしょうけど」

「できます」

「でも、そんなことをしたら、反対にこの駅を三科さんが利用しているというのが向こうにわかってしまうことになるでしょう」

間違いなく、そうなってしまう。

たとえ、駅に来たところじゃなくて、あの人の家まで押しかけて嶌谷さんが脅したとしても、逆にわかってしまうかもしれない。

嶌谷さんが頷きます。

「それは、わかっています。もしも、この篠山さんがはっきりと三科さんがここの駅を利用している、この近所に住んでいるとわかってしまっているのなら、もう何をしても無駄でしょう。引っ越しするしかない」

そうなってしまうかも。

「でも、あれでしょう。接近禁止命令だったかしら。そういうのは出してもらっているわよね」

「はい、そのはずです」

全部弁護士さんにやってもらった。

「だったら、違反したら罪になるわよね。警察に言えばすぐに捕まるんじゃなくて？」

「最寄り駅にいた、だけでは無理かもしれませんね」

蔦谷さんが言う。

「そういうものにある程度は詳しくなってしまいました。最寄り駅にいた、だけでは偶然とされるだけです」

「そうかもしれないわね」

「まるでドラマのような話になってしまいますが、脅すのではなく、私と三科さんが夫婦になったと装《よそお》ったりするのは、どうでしょうか」

「あら」

夫婦？

偽装を？

「よくある、と言うと多少の語弊《ごへい》がありますが、私がいた世界では、そんなようなことはよくやりました」

「夫婦を装って、何かしら騙して金儲《かねもう》けしたりすること？」

「そうですね。大体そんな感じです。決して褒められたことはしていませんでしたが、夫婦を装うと相手はまず信用します。私は確かにいかつい見た目ですが、真面目な、それこそきちんとしたスーツでも着て身なりを整えれば、それなりの男に見えます」

「まぁ、それはそうね。仕立てのいいスーツでも着たら会社の重役にでも見えるわね」

それは、間違いなく思う。

嶌谷さんは危ない雰囲気はあるにしても、身だしなみを整えれば、たとえば外資系の会社の重役と言われたらそんなふうに思える。

「もしも三科さんが、私のような男と結婚したと知ったならば、向こうももう捜したり近づいたりはしないのではないかと。幸いというか何というか、私たちは〈同じ場所〉に住んでいますから、装うのは簡単です」

「確かにそうね」

「ただ、そういう手段を取るにしても、ひとつ疑問があるのですが、ここで訊いていいでしょうか」

嶌谷さんが言う。

「何ですか」

「三科さんがこのマンションに来られたのは、野木さんの紹介だったのですよね」

「はい」

「それは、どういう経緯で野木さんと」

難しい話じゃありません。

*

私は、親がいないんです。

もちろん正確には父親も母親もいるんでしょうけれど、どちらの顔もわかりません。母親の名前だけはわかります。

三科百合っていいます。

そうなんです。同じ名前です。

母親は施設で育った孤児《こじ》だったそうです。ですから、私の祖父母にあたる人のこともまったくわかりません。母がどのように育ったのかも、その施設自体がもうないのでわかりません。

わかっているのは、母が産院に運び込まれたことと、私を産んでそのまま亡くなってしまったこと。

どうしようもなかったそうです。私の命を救えたのも奇跡みたいなものだったそうです。凄いですよね。本当に何もわからないんですよ。父親がどこの誰なのかも、母親が施設を出た後どんな人生を歩んできたのかも。

そうですね、お金をかけて、興信所《こうしんじょ》にでも頼めばある程度はわかるかもしれませんね。少なくとも小学校と中学校は出たはずなので。はい、その施設自体はしっかりしたところだったようで、間違いなく義務教育は済ませたはずです。

でも、それがわかったところで何が変わるわけでもないですから。

ですから、私の名前は、母の名前をそのまま病院の先生が名付けたんです。

母の写真一枚、ありません。

先生方も、まさか死に顔を撮ってそれを子供に渡すわけにもいかなかったんでしょうね。

そのときの、私を取り上げてくれた看護師さんとは、今でも年賀状のやりとりはしています。この世で、唯一私の生まれたときからのことを知っている人ですね。

はい、私も養護施設で育ちました。

とても良いところでしたよ。

皆さん、本当の父親や母親のように接してくれて、きちんと育ててくれて、学校も卒業させてくれて。

あ、そういう意味では、施設のスタッフの皆さんも私の赤ん坊の頃から知っていますけれど、入れ替わりはありましたから。

高校までちゃんと出ました。

成績は、それなりだったかな。良くもなく悪くもなく、です。どちらかというと、理数系の方が得意でした。

高校を出て、カフェの店員になりました。

はい、あの全国チェーンのカフェです。

愛想は良かったんですよ。人前に出るのも嫌じゃなかったし、接客業は向いていると思っていました。

でも、やっぱり手に職を付けないと一人で生きていけないと思っていたので、服飾の専門学校に通いました。

アルバイトしながらです。高校までは施設の方で通わせてくれましたけど、そこからは自分のお金で。

そういう決まりでしたから。

専門学校は楽しかったですね。寮に入れるんです。お金もいろいろと免除とかそういう制度があって安くしてもらっていたし、共同生活はもう生まれたときからそうでしたから慣れたものだし。

近い年齢の女の子ばかりだったから、新鮮で本当に楽しかった。

施設では小さい子の面倒を見なきゃならなかったから、毎日戦場みたいな騒ぎでけっこう大変だったから。

きちんと、卒業しました。

服飾業界で、技術者として就職できないかと思っていました。

そんなときに、アルバイト先のカフェに店員としてあの人が来たんです。

元の夫です。

篠山昌樹です。

とても優秀な人です。どんな業種の接客業でも、たとえばホテルマンとかになってもすごく仕事ができると思います。

柔らかな優しい笑顔で、素敵な人でした。

今でも、その点だけは、勘違いではないと思います。実際、彼の友人なんかでも、彼のことをそう言う人は多いはずです。

優しくて、優秀な男だと。

どうしてなんでしょうね。

本当に、わかりません。

どうして、私を傷つけるのか。好きになって、愛し合って、結婚したはずなのに。

そう思っているから、疑問しか出てこなかったから、逃げ出したり、戦おうと思ったりできなかったんですかね。

弱い人間だったんですよね。

そうです。助けられたんです。

高校のときの、同級生に。

滋美《しげみ》ちゃん。佐々木《ささき》滋美という女性です。

*

「本当に仲が良かったんです。でも、私が篠山と一緒にいる時期にはほとんど会うこともなくて、久しぶりに連絡があって会うことになったんですけど」

滋美ちゃんは、驚いていた。

「すごい顔をしていたんでしょうね。私は。子育てと、彼のDVでやつれていて。そして身体のあちこちに痣《あざ》があって」

本当に、驚いていた。もう何があろうと私のところに、滋美ちゃんの部屋に来なさいってそのまま引っ張られるように連れて行かれて。

「その滋美ちゃんが、野木さんの会社〈花丸不動産ロイヤルホーム〉で働いていたんです」

「野木さんの、部下だったんですか」

「そうです。滋美ちゃんはこのマンションのことは知りませんでしたけど、野木さんのことは信頼できる人だと。そして不動産業ですから弁護士さんにも知り合いがいます。すぐに相談してくれて、私を保護してくれて、それで」

「ここに来たんですね」

「はい」

なるほど、って蔦谷さんが頷きました。

「その滋美さんは、働いていたカフェに来たことはありましたか」

「ありました。何度も」

「であれば、篠山があの駅を突き止めたのも、おそらくは滋美さんが野木さんのところで働いているることを知って、滋美さんや野木さんを尾行したりしたのでしょう」

リアーヌさんも頷きました。

「引っ越しはしなきゃならないものね。滋美さんが不動産屋さんで働いていると知っていたら、当然そこから辿《たど》れるかもと思いつくわ」

「ただ、マンションまでは辿れなかった。どうしましょうか。当分の間、三科さんは決して駅に近づかないのは当然として、さっき話したような手を打ちましょうか」

何もしなければ、見つからなければいずれ諦めるかもしれない、と嶌谷《たぐ》さんは続けます。

「ですが、元暴力団員から見れば、私の経験からすると、そういう類いの最低の男は決して諦めません」

リアーヌ・ボネ
（如月理亜音《きさらぎりあね》）

｜ 七十八歳 ｜
大家《おおや》

私は、もう七十年近くも日本に住んでいるの。

だから、確かに生まれはフランスのパリだけれども、正直なところほとんど日本人なのよね。日本国籍も持っているし。

いろんなものの感覚が、日本。日本人に特有の感覚。

だって、パリのことなどほとんどもう思い出せないのよ。

正確に言うとパリに住んでいたのは十歳まで。

たとえば、どなたでもいいのだけれど、ある町で十歳まで暮らしてその後どこか違う町に住んだとして、その十歳までのことを、はっきりと正確に覚えている人なんかあんまりいないでしょう。記憶もおぼろげになっているでしょう。

だから、フランスの話なんか、そんなにできないのよ。親戚はいるにはいるけれども、ほとんど没交渉だし、今のパリがどんなふうになっているかなんて、本当にわからない。

でもまぁ、パリはいつまでも、どんな時代でもパリであり続けるっていう気もするわね。〈たゆたえども沈まず〉でしたっけ。パリ市の紋章《もんしょう》の言葉よね。そんな感じであることだけは、確かかね。

私が持っているのは、本当に、小さい頃の思い出話だけ。

それだって、普通の子供の頃の思い出だけよ。そこに日本もパリもそんなに違いはないわ。

名前だって、リアーヌ・ボネというフランスでの名前を表立って使うことは、まったくないわ。書類に残されるのは如月理亜音という日本名だけ。

でも、不思議ね。夢の中で誰かに呼ばれたりするときには、リアーヌって呼ばれることが多い。たぶん理亜音っていう発音が、夢の中ではリアーヌになっているのね。それに普段は、皆さんにはリアーヌさんって呼んでもらっているからね。

パリに帰りたいと思ったことも、ほとんどなかったわ。

日本には母と一緒にやってきたわけだし、父は死んでしまっていたけれども、頼りになる岩雄さんはいたし。暮らしに何ひとつ不安も不自由もなかったのよ。

いいえ、最初は岩雄さんの家に住んだのよ。

千駄木《せんだぎ》にあった大きな日本家屋で、今はもうなくなってしまったのだけれども、それはもうとても風情《ふぜい》のある家だったわ。

その家は、とても楽しかった。パリのアパルトマンとはまるで違う家だったんですもの。どこを触っても、木と紙と土の家。パリの家なんかほとんど全部岩石でしたからね。全然違うでしょう。

思い出すと、ああいう日本家屋で暮らすのもいいものだったと思うのよ。とても素敵よ。風と光と音が常に溢《あふ》れている家。だって、縁側《えんがわ》を全て開け放つとそこはもう外なのよ。部屋の中が外と一体化してしまうような家。

パリのアパルトマンの窓から見る景色がブラウン管のテレビの映像だとしたら、日本のああいう家の縁側から見る景色は、百インチぐらいの4Kの大型液晶テレビよ。本当に凄いと思った。こんなところに住めるんだ！　ってわくわくしたぐらい。

猫がいたのも、良かったわ。いたのよ、黒い猫と白い猫と三毛《みけ》猫。それぞれ、クロとシロとミケっていう忘れようもない単純な名前。

猫が大好きだったから、それで淋《さび》しさも何もかも忘れてしまっていたのかも。

人もたくさんいたのよ、岩雄さんのお宅には。お手伝いさんみたいな人も含めると、常に十五、六人以上の人がいたかしらね。だから、本当に楽しかった。食卓は皆で囲むから毎日がパーティみたいで。

何年ぐらいだったかしらね。十歳で来て、大学を卒業するまでそこにいたの。そうね、そこでは私がいちばん小さい子供だったから、もうあの家で一緒に過ごした人はほとんどいなくなってしまって、家もなくなってしまって。

そう、それからなのよ。〈マンション　フォンティーヌ〉に来たのは。だから、かれこれ六十年ぐらいかしらね。

正確に言うのなら、日本に来たのは一九五一年。

昭和二十六年ね。

そう、あの終戦からたった六年後。

その頃の日本で外国人の子供が暮らすのは、私の記憶ではそんなに辛いことはなかったのよ。言葉も、わりとすぐに覚えられた。

子供って、本当にそういうところ凄いと思うわ。まぁそれ以前から岩雄さんはよくパリの私の家に来ていたので、日本語に馴染みがあったのも良かったと思う。

そう、今とは隔世《かくせい》の感があるわね。フランスではマンガが凄いのよね。誰も彼《か》も日本のマンガを読んで、日本語を使ったりするのよ。日本のアニメで日本語を覚えたっていう若い人がたくさんいるでしょう。文化は、凄いわ。

学校に行って、友達もたくさんできた。アメリカ人によく間違えられるのはちょっと嫌だったけれどもね。あの当時、日本で外国人といえばほとんどアメリカ人のことだったから。そうそう、進駐軍が来ていたからね。

よく英語でも話しかけられたけれど、私、英語は話せなかったから本当に困っていたわ。何せそれが英語であることさえわからなかったもの。〈I can't speak English〉さえ言えなかったのよ。今でこそ多少は話せるけれども、それは日本に来てから覚えたのよ。変な話よね。フランス人が日本で英語を覚えたの。

でも、本当に皆に良くしてもらえた。

たくさん良くしてもらえたおかげで、私はきっと普通の日本人より日本のことを知っているんじゃないかしら。

お手玉だってできるのよ。折り紙もたくさんいろんなものを折れる。日本の料理だって、お節《せち》を一人で作ろうと思えば作れるのよ。

ね、日本人でしょう。鏡を見ると、ときどき「あら私って外国人の顔しているんだったわね」って思うぐらいよ。

むしろ、子供だった私よりも母が、セリア・ボネが大変だったでしょうね。

岩雄さんがいたとはいえ、十歳の私を抱えての言葉もわからない異国暮らし。日本語にも苦労していたわ。私が母に教えていたぐらいよ。

そもそもパリでも何も仕事をしていなかった人だから、いくら岩雄さんに助けてもらっていて何もしなくてもいいとはいってもね。

しばらくの間は、かなり神経をやられていたと思う。孤独さにね。

私が十三か十四ぐらいだったときね。　洋裁の学校で仕事するようになってから、ものすごく良くなっていった。　母は元々縫物は得意だったから、洋服作りを教える仕事に就けたのはラッキーだったわね。友達もできて、ようやく日本の文化にも、食事にも、馴染めるようになっていって。

それからは普通に、日本に暮らす外国人として過ごせるようになっていった。

ただ、やっぱり心労とかがたたったのかしらね。十年ぐらい過ぎた頃からどんどん病気がちになっていって。

岩雄さんがマンションを作ってくれたのも、それがあったからなのよ。パリには何があろうと戻れない。それならば、せめてパリで暮らしているかのような生活にしてあげたいって、岩雄さんが。

マンションができたのは、一九五九年。昭和三十四年ね。私が二十歳になる前ぐらいだったかな。母はその完成を見る直前で、亡くなってしまった。

だから、私一人が、このマンションで暮らすことになったのよ。

母が生きていたのなら、本当に喜んだと思う。パリで住んでいたアパルトマンに本当にそっくりだったから。

そう、私は大学も行ったわ。その後に教鞭《きょうべん》を執《と》ったこともあるわね。先生だったのよ一応。仕事をして、お給料も貰《もら》っていた。頼まれて、フランス語の翻訳をしたこともあるの。何冊か本も出ているわよ。私が翻訳をしたフランスの本がね。小説よ。もう今は引退してるけど。

おもしろいのは、フランス語の勉強を日本でしたということよね。自分でも可笑《おか》しかったわ。

もちろんフランス語は話せたし読めたわよ。母とはずっとフランス語と日本語のちゃんぽんで話していたから、忘れることはなかった。

でも、きちんとフランス語を学んだのは日本の大学でなのよ。おもしろかったわね。なるほど文法というのはこういうものなのかって。フランスの歴史だって、きちんと学んだのは日本に来てからなのよ。

本当に思ったわ。日本には何でもあるなって。

岩雄さんは、如月岩雄さんね。

戸籍上は私の夫になっている人。私の母と結婚したわけじゃあないの。それは、できなかったみたいね。

帝国陸軍の情報部の軍人さんだった。ずっとフランスとかヨーロッパにいた人なのよ。英語はもちろん、フランス語も何不自由なく話していたわね。

私の父、マチュー・ボネも軍人だった。やはり情報部のようなところにいた人、だと思うのよ。

そうなの、私も子供だったし、そもそもそういう情報部にいるような軍人さんが、自分たちの仕事をたとえ妻だろうと子供だろうとぺらぺら話すはずがないわね。軍で働いているんだっていうのはわかっていたし、けっこう偉い人だっていうのも知っていたけれどもね。

二人とも何をやっていたのかは、よくわからない。

スパイだったのよね。

たぶんだけれども、二人ともお互いに二重スパイのようなことをやっていたのじゃないかしら。何にも記録には残っていないんでしょうね。

父がどうして死んだのかも、わからない。

これもたぶんでしかないのだけれど、国に殺されたのだと思う。

そう、フランス国家にね。

証拠もないし、そもそも誰かがそう言ったわけじゃない。小説みたいに言うと、消された、という感じじゃないのかしら。

そして、たぶん私と母も消されるところだったの。

それを、岩雄さんが救ってくれたのよ。

帝国陸軍の軍人さんが、フランス軍の軍人の妻と子供の命を守ってくれたの。

こんな短く言うだけで、まるでスパイ映画のあらすじのようでしょう？　今では信じられないわよね。

でも、本当のことなの。

そうでなければ、どうして私と母がフランスに、パリにいられなくなったのかがわからない。

本当に、岩雄さんに言われて着の身着のままで家を飛び出したのよ。そして、たぶん日本の帝国陸軍が隠れ家《かくが》として使っていた部屋に一時隠れていたの。

ただの市民だったのに。

何にも知らないのに。

わかっているのは、父マチュー・ボネと、如月岩雄さんは固い友情で結ばれていたということ。

だから、岩雄さんは命を賭《と》してでも私と母を守ろうとしてくれたということ。

母は、岩雄さんから話を聞いていた。その隠れ家でね。

事情はわかったのだと思うけれども、泣き崩れていたわ。そのときに初めて父が死んだことを私も聞かされた。

実感も何もなかったけれども、もう二度と父に会えないというのは、岩雄さんの真剣さからも、母の嘆きからもよくわかった。

どうして死んじゃったの、と、何度も聞いた覚えがあるの。でも、岩雄さんは教えてくれなかった。殺されたと教えてくれたのは、随分《ずいぶん》後になってからだったわ。十歳の子供に説明できるようなことではなかったのね。

岩雄さんが、父が身につけていた物をいくつか持ってきてくれていた。

財布や、指環《ゆびわ》や、片方の靴。血の汚れがあったのも、子供である私にもわかった。それは、形見《かたみ》として日本に持ってきた。

今は、お墓に入っているわ。

そうそう、お墓もあるのよ日本に。父と母のお墓。ちゃんとした日本式のね。

母が亡くなったときに、岩雄さんが作ってくれたの。フランスには戻れないのだから、こちらに作るしかないって。岩雄さんの如月家の墓に入れることもできたのだけれど、きちんとした方がいいだろうって。私もいずれ死んだら父と母と一緒に入るのだけれども、さてその後どうしようかしらって今考えているの。

何せ私には子供もいないし、係累もない。

お墓を守ってくれる人が誰もいないのよね。

とりあえず、うちに住んでいる皆さんに、場所はお伝えしているのよ。もし良かったら私が死んでお墓に入った後、一回でもいいからお墓参りに来てちょうだいって我儘《わがまま》なお願いをしているの。

それでしばらくは保《も》つんじゃないかしらって。

岩雄さんは、どんな手段を使ったのか皆目《かいもく》わからないけれども、安全に日本に私たちを連れてきてくれた。

命を救ってくれた。

そうそう、私たちアメリカの軍用機で日本に来たの。

それは今でもはっきり覚えている。

一緒に乗ってきたたくさんのアメリカの軍人さんたちがとても優しかった。もう日本も安全だから心配することないって。

一人だけよく覚えている。トムさん。

名前しか知らないけれども、日本に着いた私と母を、岩雄さんの家まで車で送ってくれて、しばらく一緒にいてくれたのよ。

自分にも、私と同じぐらいの娘がいるんだって言っていた。もしも縁があったらまた来るからって。来てくれたのよ。お菓子や洋服やいろんなものを持って、岩雄さんの家に。きっと彼も情報部とかそういうところの人だったんでしょうね。

アメリカに帰るからってそれっきりになったしまったけれども、トムさんの顔は今でも覚えている。


全部、真実で事実。

凄い話でしょう。

小説にしたらとんでもなく長いお話になるでしょう。いつか、誰かがしてくれてもいいのよ。私が死んでからならいくらでも。

羽見さんはどうかしらね。

こんな重たい話はちょっと向いていないかもしれないわね。

岩雄さんの手記があるのよ。私は読んでいないけれども、この部屋にあるの。それを読んだら、今私が話した映画のあらすじのようなものの大部分がわかると思うのよね。私は子供の頃からずっと日記を書いているから、それと合わせれば結構な資料になると思うわ。

このマンションを託せる人が見つかったら、そのまんま渡そうと思うの。え、だって、充分遺産になりそうでしょう？　何かしらのお金になると思わない？　ここを引き継ぐだけでお金が掛かるんだからせめてそれぐらい、ねぇ。

岩雄さんは、凄い人なのよ。

たぶん日本の警察の幹部とか、政財界の大物とか、あるいはヤクザの大親分とか、そういう人たちは岩雄さんの名前を聞けばちょっと驚くんじゃないかしら。あぁでももう、岩雄さんと同じで死んでしまったかもしれないわね。生きている人で、もう岩雄さんのことを知っている人も少ないかもしれないわね。

そうなのよ。こんなマンションをその時代にぽんと建ててしまうんだから、それなりに成功した人物なのよ。

お金持ちだったの。

何をしてお金持ちになったのかは、知らない。会社を経営していたことは確かよ。今もその会社が残っているから。

そうよ、その会社。名前は変わってしまったけれどね。

最後は、そこの会長だったわね。

まぁこれも映画のあらすじのような話になってしまうけれども、岩雄さんも戦後に自分の職業だったものを生かして、政財界の裏と表を知り尽くしたような男になって、稼いでいたみたいね。

もちろん、表向きはただの会社経営者として。

そう、私を妻としたのも、隠れ蓑《みの》みたいなものね。

そうしないと、私も日本人になれなかったから。だから、私は岩雄さんの妻だったの。あくまでも、表向きは、戸籍上は、だけれど。

夫とか、恋人とか、そういう感情は持てなかったわよ。二十歳以上も離れているわけで、しかも父を失って父代わりとして育ってきたのだから。もちろん、岩雄さんもね。私のことは娘として愛してくれただけ。

母と岩雄さんは、どうしていたのかしらね。

愛した男の親友だった男に助けられて、ずっと一緒に暮らしてきた。岩雄さんは独身だったわ。母もまぁ独身になったわけだけれども。

その辺のことは、私にはわからない。戸籍上だけでも母を奥さんにして、私を子供にはできなかったのは、何かしら複雑な事情があったんでしょうね。

結果として私だけが日本に帰化して日本人になって、母はずっとフランス人のままだったから。形式上、誰かに紹介しなきゃならないときには、母を妻としたけれどもね。戸籍上は赤の他人のままだった。

二人の間にどんな感情があったのか、わからないまま母も岩雄さんも死んでしまったわ。私も、訊こうとはしなかったし。

　実は私、一度男性と暮らしているのよ。

　事実婚みたいなものだったかしらね。戸籍上は岩雄さんと結婚しているから、できなかったから。

　そう、この部屋で。

　あぁ、もちろん違うわ。岩雄さんがここに来ることがなくなってからの話よ。そう、岩雄さんはずっとここに住んでいたわけじゃないわ。そもそも千駄木に家があったのだから。一応、隣が、今の管理人室が岩雄さんの部屋にはなっていたけれども、たぶん泊まっていったことは全部で数ヶ月もないいんじゃないかしらね。

　戦後日本が平和になって、そして復興して、たぶん岩雄さんたちのしてきたことは闇に葬らざるを得なくて、だから私との関係も表沙汰《おもてざた》にするわけにはいかずに、関係を絶たなきゃならなかったんじゃないかしらね。

　夫婦であることは、それもたぶん隠さなきゃならなかったんだと思う。そのときはそうせざるを得なかったんだと思うけれども、後になっていろいろ拙《まず》いことになったんじゃないかしらね。黙っていれば誰にもわかることじゃないから。

　だから、一緒に暮らすことはなかった。岩雄さんの家以外ではね。

そのことは、今は誰も知らないわね。その当時に住んでいた人たち何人かは知っているけれど。坂東さんも知らないわ。

晩年は、岩雄さんも病院で過ごすことが多かったし、ここに来ることはなくなっていったわね。

そう、一緒に暮らした男性ね。

何ていうのかしらね。

父がそうだった。そして岩雄さんもそうだった。

どう言えばいちばんわかりやすいかしら。悪いこともできるけれど、決して悪人ではない人。

むしろ濁《にご》っている水の方が性《しょう》に合っているのだけれど、清《きよ》らかな水で育ってもおかしくなかった人。

清濁併《せいだくあわ》せ呑《の》むというけれども、それはちょっと違う感じね。

まぁ要するに危ない人よ。危ないけれども、きちんとしている人。

いるんじゃないですか？　ヤクザと呼ばれる人の中にも、女子供年寄りにはとても優しいような、むしろ普通の人よりも、誰よりも世の中の力を持たない者を守りたいと考えているような人。

その昔は、仁侠《にんきょう》というのはそうだったのでしょう。仁義を重んじ、弱きを助け強きを挫《くじ》く。それが、仁侠だったのでしょう。どこかでとっちらかってしまっているけれども、本当の意味でのそういう人間もいる。

まぁ父も岩雄さんもヤクザではなくスパイだったわけで、全然意味合いが違ってきてしまうけれども。

そういう人に、魅《ひ》かれてしまったのね。

父のせいかな、岩雄さんのせいかな、それともそもそも私がそういう女なのかな、とも思ってしまった。

その人はね、死んでしまったわ。一緒に暮らしたのは、半年にも満たなかった。なんだかあっという間のことだったわ。

それからは、もうずっと一人。

一人で、生きてきたの。

その頃からなのよ。

この〈マンション　フォンティーヌ〉の部屋を、最低でも一部屋は、いつでも誰かが入居できるように空《あ》けておこうって考えたのは。

思えば、私自身がそうだったんじゃないかって。

運命のようなものに抗《あらが》えずに、どうしようもなくて、逃げて、辿り着けたその家に守られて生きてきたような人間。

この世界にはそういう人たちが必ずいるんだって。そういう人を守ってあげるためにこの私の家を、〈マンション　フォンティーヌ〉を使ってもいいんじゃないかってね。むしろそうすべきではないのかって。

もちろん、岩雄さんにも相談した。とても良い考えだって賛成してくれた。それからね。善い人に住んでもらうのはもちろんなのだけれど、事情がある人のために一部屋もしくは二部屋、必ず空けるようにしたのは。

今、野木さんがいる〈花丸不動産〉は、元々は岩雄さんの友人が始めた会社なのよ。だからずっとここの管理をしてくれている。

代々、担当を一人だけにして、事情を全部知ってもらってここに入居する人を選んでもらっているの。

野木さんが担当してからは、もう二十年ぐらい経つかしらね。長いのよ。あの人は新人のうちにすぐに担当になったから。

若い頃からずっとあのままね、野木さんは。楽しい人だけれど、律義《りちぎ》で、真面目で、そして有能な人。

ここがずっと平和なマンションでいられるのも、野木さんの力が大きいと思うわ。あの人の連れてきてくれる入居者の皆さん、本当にいい人ばかりだから。

もしくは、ここを必要とする人ばかり的確に選んでくれるから。私は安心して受けいれているの。


次の管理人を探すときに、出所者雇用をしている中嶋さんから紹介を受けたのが、嶌谷さんなの。経歴などの資料を見させてもらったときに、すぐに思った。

この嶌谷さんもまた、父や、岩雄さんや、私の恋人だった人たちと同じような人だなって。

資料によると、暴力団にいたのは本当に短い期間。そもそも刑務所に入っては出て、そしてまた入ってを繰り返してしまって、ほとんどヤクザらしいことはしてきていないようだった。

そして、刑務所に入る原因のほとんどは喧嘩。

その喧嘩も、ただの乱暴ではない。理由があった。

ほとんどが、義憤にかられてのこと。

弱い者いじめをする人のことが許せなくて、殴ってしまったり、暴れてしまったりしたものだった。

資料には、自分をかばってくれた嶌谷さんの刑を軽くしてくださいという嘆願書《たんがんしょ》が出されているともあった。

嶌谷さんは、強い人。

そして弱い人を守ってくれる人。悪いことをしてきてしまったけれども、決して悪人ではない。むしろ、善人。

ぴったりだって思えた。

今まで管理人に何人か雇ってきたけれども、最も適した人が来てくれるんじゃないかって喜んだ。

野木さんにも相談したけれど、彼も言っていたわ。この人がいいと思いますって。何か知っているふうでもあったのだけれど。

*

「随分、長々と話しちゃったわ」

ここまでたくさん話すつもりはなかったのだけれど、まぁ流れってものかしらね。知られても全然かまわないことだし、もう知っている人もたくさんいる話だから。

蔦谷さんが、むぅ、って感じの声を出して、息を吐いた。

「そんなふうに思っていただいて嬉しいのですが、とても私はそんな立派な男ではありません」

「立派だなんて、言っていないわ。悪いことをしてきた人なのでしょう？」

「そうです」

「でも、きちんとそれを償《つぐな》ってきた。そもそも、あなたがしてきた悪いことって、暴力団を抜けた後のことはほとんどが喧嘩みたいなもので、その喧嘩も弱い者いじめをする人たちが許せなくてついカッとなって、でしょう」

嶌谷さんが、唇を歪《ゆが》めた。

「それでも、私がそういう男だからです。堪え性がなく、すぐに手を出すような」

「世の中、殴らなきゃわからないような人がたくさんいるわ。殴ってもどうしようもならない人もね。そう思わない？　百合ちゃん」

こくり、と頷いた。

きっと百合ちゃんの元夫もそんな男よ。

「だからって手を出すことは良くないこと。そんなのはあたりまえのことだけれど」

それでも、戦える人。嶌谷さんは。

「そういう場面に出会《でくわ》しても、見て見ぬふりをする人がほとんどよ。私だって、たぶんそんな人間よ」

嶌谷さんはそうじゃない。

「話は違うけれど、さっきも言ったけれど、野木さんとはお知り合いか何かだったのかしら？」

嶌谷さんが、小さく顎《あご》を動かした。

「私も、ついこの間聞かされて知ったのですが、彼は私の中学の後輩でした」

「中学校の」

「私は何も知りませんでしたが、野木さんは覚えておいでででした。入れ違いでしたが野球部の後輩だったことや、私の母と野木さんのお母さんが知人だったことを」

そうだったの。それは凄い偶然だったのね。

「じゃあ、そうやって野木さんが覚えていたというのは、何かあったのじゃない？　印象的な出来事とか」

「どうしてでしょう」

「だって、野木さん初めて嶌谷さんの資料を見たとき、どこか嬉しそうな顔をしたのよ。喜んでいたの」

あの冷静な野木さんがそんな顔を見せたんだから、きっと何かしらあるんだろうと思っていたのよ。

嶌谷さんに訊いたら、すごく気恥ずかしそうに、野木さんが話してくれた中学時代の思い出を話してくれた。

そんなことがあったのね。

隠していたのは、不動産屋さんとそういう関係があったことを変に誤解されないようにと思ったんでしょうね。

「どうかしら、百合ちゃん」

間違いなく、元夫である篠山昌樹さんという人は、百合ちゃんを捜しに駅に来ている。一生あの駅を使わないわけにはいかないから、このままでは、いつか駅で目撃される。すると、徐々に住所が、このマンションに住んでいることがわかってしまうかもしれない。

「それは、絶対に避けなきゃならないことよね」

「はい」

篠山さんの行動を止めることは、私たちにはできない。仮に、発見されてマンションがわかってしまってここまで来たのならば、出してもらっている接近禁止命令などで警察に逮捕してもらうことができるのかもしれないけれども。

ここがわかってしまうことが、本当に一大事。

「たとえ逮捕されてもまたすぐに出てきてしまうのだから」

百合ちゃんも、頷いた。

「私は、蔦谷さんの策がいいように思うのだけれど、どうかしら」

二人で、まるで夫婦のように、いえ杏ちゃんも入れて三人で親子のように行動する。

「たとえば、お休みの日で、駅を使ってどこかに行くようなときには、必ず三人で行動する。再婚した親子を演じる」

買い物に行くときも、とにかく出かけるときには、三人で、もしくは二人で行動する。

それを、篠山さんに見せつける。

再婚したのか、あんな強そうな男が今の夫なのか、と思わせる。もう二度と近づくことはできないんだと諦めさせる。

「それには、嶌谷さんが最適だと思うわ。でも、どうかしら。少しでも百合ちゃんに躊躇《ためら》いがあるのなら、きっとそれは表に出てしまう。その感情が読み取られてしまうかもしれない」

百合ちゃんが、嶌谷さんを信用し切ってくれないと。

「できます」

百合ちゃんが、力強く頷いた。

「杏も、嶌谷さんのことは信用しています。きっとできると思います」

それしかないわ。

「わかった。そうしましょう。他の皆にも説明しないと誤解されるから私からしちゃうけれど、いいわね？」

百合ちゃんも、嶌谷さんも頷いた。

「できれば、早いうちに篠山さんに見せつけることができればいいんだけど」

「そう願いましょう」

「嶌谷さん、もしものことがあったら、わかるわよね？」

嶌谷さんが、頷いた。

眼に、強い光。

「決して、私から手を出したりしません。そして、三科さんと杏ちゃんに指一本触れさせず、毛筋ほどの傷もつけさせませません」

野木　翔

| 四十四歳 |

花丸不動産ロイヤルホーム部長

〈マンション　フォンティーヌ〉。

今までにも、様々な事情を抱えた人たちに部屋を用意してきた。けれども、DVの夫から逃がすために連れ出して、部屋に入居させて。その後に裁判させて、離婚させて、就職の世話までして、と、思いっ切り踏み込んだ人は三科さんが初めてだったと言っていい。

単純に、シングルマザーという人なら今までにも何人かいたのだけれども。

不動産会社がそこまですることは普通ない。やってはいけないことだったかもしれない。しかしそこまでしたのも、三科さんが我が社の社員の佐々木さんの親しい友人だったからだ。本当に直接、関わってしまったからだ。

三科さんの境遇を考えれば、それを単純に運が良かった、と言っていいのかどうかわからないけれども、少なくとも今の三科さんを見れば本当にそこまで踏み込んで、そしてある意味彼女の人生をまるごと受け入れて本当に良かったと思っている。

まさしく、こういう人のために〈マンション　フォンティーヌ〉を管理してきたんだ、とも思えた。

そして一生、少なくとも生きている限り、この会社で働いている限り〈マンシコン　フォンティーヌ〉の担当を続けようと、思いを新たにしたものだ。

多くの人が、一度は考えたことのある、あるいは囚《とら》われたことがあるであろう問いがあると思う。

それは、人は何のために生きていくのか、という問いだ。

たくさんの答えがあるだろう。考え方があるだろう。

その答えや考え方のひとつに、誰もが共感してくれる、あるいは異を唱える人はいないと思われる答えがある。

共に同じ時代に生きる誰かを、幸せにするため。

それこそが、自分が生きていく意味だと思う人、思える人はきっといる。

誰かを幸せにできれば、すなわちそれは自分も幸せだということだ。そうやって、人は生きていくのだと。

たとえば、誰かと恋仲になり結婚したとするならば、その時点ではその人を幸せにしたということになる。充分に生きてきた意味があると思える。大変なのはそこから先なのだが。

あるいは、何か仕事を自分の力で始めて、それでお客様に喜んでもらえたのなら、それも幸せだろう。喜んでもらえて自分の仕事も成功するのだから、幸せ以外のなにものでもない。

結婚して子供ができて、その子供を一生懸命に育て上げ、子供が立派な大人になり幸せを摑んだのならば、それこそ親としても最高の幸せだろう。生きてきて良かったと思える瞬間だろう。

そうやって、人は生きていく。誰かを幸せにするために。自分もそう思えるようになるために。

自分もそうでありたいと思っていた。思ってはいたが、自分にはそんな力はないと考えたこともあった。

けれども、私が〈マンション　フォンティーヌ〉に招き入れた人たちは、ここを離れていった人たちも含めて、ここに住んで良かった、幸せだと思ってくれているはずだ。皆がそう話してくれる。良かったと。本当に嬉しいと。

こんな私が、誰かを幸せにするお手伝いができている。

それこそ、感謝しているのだ。ここを担当できたことを。

私自身も、幸せなのだ。

だから、ここに住んでいる人たちのために、何かできることがあるなら何でもしようと思っていた。

リアーヌさんに呼ばれて、会社帰りに寄った。

相談があるので、お話ししながら晩ご飯でも一緒に食べましょうよ、と。

豆ご飯にリアーヌさんの手作り餃子《ぎょうざ》、それにオニオングラタンスープというバラエティ豊かな食卓。本当にリアーヌさんの手料理は美味しい。今まで何度となく、いやもうたぶん百回以上はごちそうになっているのだけれども、その度に美味しい美味しいと笑顔になってしまう。

そういえば、このマンションの一階で料理店でも開いたらどうだろうという話も何度もしてきた。それぐらい、美味しいのだリアーヌさんの手料理は。

「本当に、美味しいですよね」

一緒に食卓を囲んでいる嶌谷さんも笑みを浮かべる。嶌谷さんもいるということは、ここの住人についての何らかの話だと思うのだけれども。

「それでね、野木さん」

一通り、食事が落ち着いたところでリアーヌさんが言う。

「はい」

「三科さんについての話なの」

リアーヌさんがそう言って、嶌谷さんが話を引き取った。

嶌谷さんが休みの日のこと。

近くの駅で誰かを捜しているような不審な男を見かけた。そしてそれが、三科さんの元夫の篠山昌樹だったという話。

三科さんにも確かめたと言って、彼がスマホで撮った写真も見せてくれた。

驚いた。

篠山昌樹だった。

「間違いないですね」

裁判のときに、私も何度も見ている。もちろん、私がここを扱っている不動産会社の社員だと気づかれないようにだ。篠山自身は私の顔さえも知らないはずだ。

ひょっとしたらどこかで顔を見られている可能性はなきにしもあらずだが、十二分に気をつけていたので、ないはずだ。

「そう言っていたわよね」

「はい」

それなのに、篠山がこうしてここの近くの駅にいて、誰かを捜していたということは。

「可能性としては三科さんの友人である佐々木さんの繋がりで、篠山が気づいたのではないかと」

嶌谷さんが言う。

彼は、喧嘩に強いだけではない。頭も回るのだ。実際、小学校でも中学でも成績はトップクラスだった。もしも家庭環境がちゃんとしていて、そのまま高校大学と進んでいたのなら、それなりの地位に就くような仕事をしていたはずだ、と思えるほどに。

「確かに」

それしか可能性はない、か。

「私自身は絶対に、篠山には気づかれないようにしていましたけれども」

嶌谷さんが推測したように、佐々木さんは三科さんがバイトをしていた店に顔を出している。そして篠山とも顔を合わせている。紹介されたことはないと言っていたが、篠山が佐々木さんを知っていた可能性は充分にある。

そして、三科さんがここに入居した後に、佐々木さんがこの駅で降りて三科さんの部屋を訪ねたことは何度もあるはずだ。

本人もそう言っていた。それは、友人なのだからあたりまえの行動だけれども。

「篠山がうちの佐々木の顔を知っていたんでしょう」

そして、不動産会社の社員であることもおそらく知った。だから、三科さんに部屋を紹介したのはきっと佐々木さんだと推測した。

篠山もまた、ただのバカなDV男ではない。むしろ機転も利き、頭も回る男のはずだ。当時、普段の仕事ぶりを聞いてわかった。

もっと早くに、いや最初からそこに気づくべきだった。そして佐々木さんに、充分に注意するように伝えるべきだった。

「もちろん、このことで佐々木さんを責めるつもりはないのよ。その反対に、まずは佐々木さんに、今度は彼女が篠山に脅されたりしないように注意してあげなきゃならないと思うのよ」

リアーヌさんが言う。

「そうですね」

駅だけを確かめられたということは、間違いなく、篠山が佐々木さんを尾行したということだろう。

「尾行して、この駅から歩ける距離に三科さんが住んでいることを確信したんでしょう。ただ、その後の、駅を出てからの尾行に失敗したのかどうか、幸いにもこのマンションまでは後を尾《つ》けられなかった。だから、この駅で何度か待ち伏せしている、という状況だと思います」

蔦谷さんの言葉に頷いた。

「間違いないでしょうね」

「ですから、しびれを切らして、篠山は今度は佐々木さんを脅すことも考えられます。三科さんの居場所を教えろ、と」

「それも、確かにそうですね」

そこまでやれば間違いなく警察に捕まり、ただでは済まなくなることもわかっているからやっていないだけなんだろう。

ただ、何度も駅での張り込みが徒労に終わるようであれば、そういう手段に出ないとも限らない。

「これは、すぐに佐々木に伝えましょう」

リアーヌさんも蔦谷さんも頷く。

「もしも誰か、その佐々木さんに近しい方がいるのなら、会社の行き帰りの送り迎えなどしてもらえたらいいのですが」

「います」

彼氏がいる。

佐々木さんは、近藤《こんどう》くんと恋仲だ。付き合っている。

「近藤さんは、同じ会社の方なの？」

「そうです。ほぼ同期の人間で、結婚も近いと聞いています」

近藤くんは、人当たりの良い若者だ。柔らかな笑顔は接する人に安心感を与え、そしてその佇《たたず》まいには、誠実さを絵に描いたような雰囲気がある。

実際には、清濁併せ呑むというか、どんなものにも裏表があると十二分にわかっていて、臨機応変に対応できる器用さと利発さを兼ね備えた男だ。将来は間違いなく我が社の幹部になるという若者。

「この話をしても、すぐに理解してくれるはずです」

「まさしく適任ですね。そのお二人に事情は全部話して、協力してもらった方がいいと思います」

急いだ方がいいな。

「今、電話していいですか？彼女はもう家に帰っているはずです。そして二人は同じマンションに住んでいるんですよ」

「ああ、それじゃあ尚更ね」

電話をする。

仕事が終わって部屋で寛《くつろ》いでいるときに、上司からいきなり電話が掛かってきたら何事かと思うだろう。申し訳ない。とりあえずは男性の方がいいだろうと思って、まずは近藤くんに掛けた。

「近藤くん、野木だ」

（お疲れ様です）

「今、電話大丈夫か」

（部屋にいます。大丈夫ですよ、どうしました？）

部屋にいるのなら、すぐに佐々木さんのところへ行って一緒に話を聞いてくれと言ったが、今は近藤くんの部屋に一緒にいると言う。

もう二人で住んだ方がいいんじゃないかと、同僚たちの間で話しているのも聞いたことがある。私もそのときにそう思ったものだが。

「ちょうどいい。申し訳ないが、緊急の話になるかもしれないんだ」

スピーカーにして、二人で話を聞いてもらいたいと言った。

「佐々木さんの友人の三科さんの件だ。〈マンション　フォンティーヌ〉の」

電話を切る。

「良かったわ。きちんと理解してもらえて」

「佐々木さんにとっては、親友のためですからね」

しばらくの間は、二人の出勤と退勤をできるだけ合わせること。休日のときにも、佐々木さんが出かけるときには必ず誰かと一緒にいるようにすること。それをまずはしてもらうことを確認した。

そして、もしも篠山を見かけることがあったなら、ただちに私に連絡することも。

一方で佐々木さんは、私にもその他の皆さんにも迷惑を掛けるようなことになったら申し訳ないと言っていたが、私が勝手に世話を焼いたことなのだからそんなことは気にしなくていいとも話した。

そして、当面の間、可哀想《かわいそう》だが三科さんに会いにマンションには決して行かないように、とも。

「とりあえず、佐々木さんの方はこれで大丈夫でしょう」

「そう思います」

「私もしばらくの間は彼女の行動を見守ります。近藤くんがいないときに、外に出る仕事があるなら、必ず誰かと一緒になるように調整します」

「そうしてください」

「それで」

肝心《かんじん》の、三科さんの方だ。

「何か、解決策があるから私を呼んだのですね？」

頷いて、嶌谷さんが話しはじめた。

＊

「なるほど、嶌谷さんと三科さんを」

篠山に、二人が夫婦になったと思い込ませるのか。

それで、諦めさせる。

それが、ベストなのか。

考える。

とにかく篠山に、三科さんがこのマンションに住んでいることは絶対に知られてはいけない。それはもうマストだ。

かといって篠山の行動を制限することはできないし、直接接触すること自体がもう危ないことだ。

私も含めて、関係者を篠山の前に出すことはできない。

誰も篠山に接触することなく、全てを諦めさせる方法。

嶌谷さんと三科さんが一緒にいるところを、見せつける。

恋人なのか、再婚したのか、こんな男と一緒に住んでいるのなら、もう手出しすることはできない。

そう思わせて、全てを諦めさせる。

確かに、嶌谷さんを見れば誰もが、この男には敵《かな》わないと、そう思うだろう。下品にならない程度に嶌谷さんを強面風にしてもいい。普通の服装をしていても、嶌谷さんはいかつく見える人だからそれは充分に効果がある。

「すぐにでも始めようと思ったのよ。マンションの皆には私から話をしてね。でもその前に、野木さんにも話を通しておかないと、ばったり会ったりしたら何事かと思うでしょう。野木さんはここにはほとんど車で来るけれども、駅を使うことだってあるでしょう」

「ありますね」

「篠山に顔を見られることもあるかもしれないし、既に顔を合わせているかもしれなかったからね。先にお話ししようと思って」

それで、呼ばれたのか。

嶌谷さんと私の関係も、話の流れの中でリアーヌさんと三科さんには話してしまったと嶌谷さんが言う。

それは全然問題ない。いつかはきちんと皆さんに話すつもりだったのだから。

「わかりました」

何も起こっていない今の段階で、できることは確かにそれしかないと思う。いや、何も起こっていないからこそ、すぐにでも実行した方がいい。何かが起こってからでは、三科さんが駅に行ったときに、篠山と出会してからでは遅すぎる。

「リアーヌさん、嶌谷さん。これは、今この場で皆さんに直接話しましょう。その方が手っ取り早いです」

ほとんどの人はおおよそ察しがついているとはいえ、このマンションの入居管理をしている私がいて、三科さんについての話をきちんとした方が皆もより納得してくれるだろう。

〈マンション　フォンティーヌ〉の空き部屋は、こういう困っている人たちのためにあるものなのだと。それをきちんと説明した上で、今回の三科さんの件に協力してもらう。

嶌谷さんと三科さんが夫婦を装うことを。

窓から外を見た。

中庭から見えるマンション全ての部屋に明かりが点いている。

皆が、二人で暮らしている人たちも、少なくともどちらかは部屋に帰ってきているということだ。

「呼びましょう。申し訳ないけどここに集まってほしいと」

すぐに皆が来てくれた。

一号室の坂東教授、二号室の鈴木夫妻、四号室の貫田くん、六号室の市谷さんと坂上さん、そして八号室の羽見さん。

三科さんは、杏ちゃんがもう寝てしまっているので、スマホで繋いだ。

さすがにこれだけの人数が集まると全員が座る椅子もないので、男性陣は壁際に立ったり、床に座り込むことにした。

説明する。

さっきと同じ話を、嶌谷さんとリアーヌさんがする。私も、三科さんにここを紹介した人間として経緯を話した。

そして、嶌谷さんとリアーヌさんが考えた解決策も。

皆が、真剣な表情で聞き入り、話し終わると、なるほど、と本当に皆が同時に頷きながら、考え込んだ。

「もちろん、協力するわ」

坂東教授が、軽く手を上げて言ってくれた。

「皆もそうよね？　面倒くさいとか関係ないよ、なんて思う人はいないはずよ、ここには。まぁまだ来たばっかりの羽見さんには、ちょっと気の毒な事態になっちゃったかもしれないけど」

「いいえ！」

羽見さんが大きく首を横に振った。

「全然、他人事《ひとごと》じゃないです。女性全体の問題ですよ。それに、三科さんから話も少し聞きました。もちろん協力します」

うん、と大きく頷きながら、貫田くんが組んでいた腕を解いた。

「わかってたからね。長く空いてる部屋に入ってくるのはいろいろあるんだって。それじゃあさ嶌谷さん、さっそくだけどそのＤＶ男の写真、見せてもらっていいかな」

「写真を」

そう、と貫田くんが皆を見回しながら言う。

「だって、そこの駅を毎日利用するのは、俺に、教授と、鈴木さんたちに、倫子さん、麻実奈さんでしょう。そのえーと、名前何だっけ元夫の」

「篠山昌樹」

リアーヌさんが言う。

「そう、そいつを駅で見つけられる確率は俺たちの方が格段に高いでしょう。三科さんも嶌谷さんも、それに羽見さんも駅に行く回数ははるかに少ないんだからさ。野木さんは滅多に電車では来ないだろうし」

確かにそうだ。

勤め人の皆さんが、毎日駅に行く。

「そしてさ、今も何人かは繋がっているけど、LINEグループでやろう。ここにいる全員の」

LINEか。

鈴木さんの旦那さん、幸介さんが頷く。

「駅で篠山を見かけたら『今、あいつが駅にいる』って一斉にLINEするんだね？」

「そうそう。それでちょうどそのときに嶌谷さんと三科さんが部屋にいたならさ、二人ですぐに出かけて駅まで向かって、見せつけられるじゃん。仲の良い夫婦を演じてさ」

その通りだ。

効率的だ。

「あ、でも、杏ちゃんが幼稚園に行ってるときとか、眠っているときだったら？」

市谷さんだ。

「そのときは、私が迎えに行ったり預かったりできるわね。何せマスターキーはここにあるから」

「私も、お手伝いできます。ほとんど部屋にいますからすぐに動けます」

リアーヌさんと羽見さんが、続けて言う。

「むしろ私ですよね。ずっと部屋にいるのは、リアーヌさんと一緒ですから、杏ちゃんを見てあげられます」

「上手い具合に杏ちゃんがいるときだったらいいわね。杏ちゃんが嶌谷さんに懐いているところを見せられれば、なおいいと思う」

鈴木さんの奥さん、菜名さんが言う。

「それがベストだけれどね。まぁ二人でいるところを見せられれば、まずはそれでいいだろうから。どう貫田くん、男として考えるとそれで諦めてくれそう？」

「いやぁ、そんなDV男の気持ちなんて、俺にはこれっぽっちもわかんないですけどね。でも、間違いないのは蔦谷さんを見たら敵わないって思うことですよ。これ、けっこう重要ですよ。ねぇ？」

ねぇ、と話をふられた幸介さんが頷く。

「間違いないですね。仮に僕と菜名が離婚して、未練があったとして、蔦谷さんと一緒にいる菜名を見たらもう、祝福だけして退散しますよ絶対に」

少し笑った。場の雰囲気が明るくなる。

三科さんがスマホの中で何度も頭を下げている。すみません、すみませんと。

「何にも気にしなくていいのよ百合ちゃん」

「そうそう。袖《そで》振り合うも多生《たしよう》の縁よ」

「そもそも俺たちはひとつ屋根の下に暮らしているんじゃん。もう皆友人だし、遠くの親戚より近くの他人じゃん」

「ことわざ合戦になってきたね」

坂東教授が言って、皆が笑う。

「そうしましょう。今すぐにLINE登録しましょう」

女性たちの間では既に繋がっている人たちもいた。それを、改めて全員でグループ登録をする。

これで、一斉にLINEで連絡できる。

「あの」

坂上さんが声を上げた。

「服装を、チェックしましょう」

「服装？」

嶌谷さんの、と続けた。

「三科さんが持っている洋服はなんとなくわかっているから、嶌谷さん、後でワードローブチェックさせてください」

「そうか」

坂東教授が頷いた。

「合わせるんだね？」

「そうです。夫婦って、新婚さんだろうと長年連れ添った老夫婦だろうと、夫婦らしい格好ってあるんですよ。自然とそうなるんです。ペアルックとかいう意味じゃないですよ。三科さんと嶌谷さんの二人が並んだときに、それらしく見える服って確かにあるんですよ」

その通りだと思う。店に部屋を探しに来る夫婦は皆そうだ。どんなにギャップのある二人であろうと、並んだときに夫婦なんだなと感じるファッションはある。

「あんまりそういうふうになる服がなかったら、私がアドバイスしますから揃えちゃいましょう」

「それがいいね。俺が持ってる服の中からも選んでみようよ。あ、野木さんの方が体格似てるか」

「確かに」

貫田くんの服では、嶌谷さんにはきついだろう。私なら、幅はともかく身長はそんなに変わらない。着られるものはあるはずだ。

「できるだけ予算を抑えてね」

「いや、私の方で予算を少し立てましょう」

「野木さんできるの？」

「社の方で、少しは用立てできます。頂いている管理費の中でね。もちろん高級なものはちょっと無理ですが、ファストファッションぐらいであればなんとか名目を立てて、どうにかさせます」

むしろ、私の管理の手落ちと考えてもいいぐらいの件なのだ。それぐらいやってあげたい。

「あの、その日のために、嶌谷さんと三科さんは、できる日には一緒に晩ご飯を食べたりした方がいいんじゃないかな」

市谷さんが言って、坂上さんも菜名さんも頷いた。

「ゼッタイその方がいいですね。お互いがそこにいるという空気が馴染むのって大事ですよ」

そうだと思う。実際、ここにいる鈴木夫妻は、誰がどう見ても夫婦か恋人だと思える雰囲気を醸《かも》し出している。

「じゃあ、あれね嶌谷さん、三科さんも聞こえる?」

(聞こえています)

「しばらくはうちで一緒に三科さんとご飯食べましょうよ。そして週に何度かは、杏ちゃんを私に預けて二人で外食するの」

リアーヌさんが言って、嶌谷さんがゆっくりと頷いた。

「そうした方が、いいでしょうね。私も何度かご一緒したのなら、緊張しなくてすみます」

「あと、できることないかな」

貫田くんが、考える。

「表札だ」

「あぁ」

それがあったか。

「篠山がここに来ちゃうのはマジで最悪の事態だけれども、そのときのために準備は必要でしょう」

「この後すぐに書きましょう。三科さんのところに〈嶌谷〉って」

「それは、私がやります」

嶌谷さんが言う。

「あれだ。いつ篠山に出会すかわからないから、もうさっそく次の休みに、嶌谷さん百合ちゃん、うちと一緒にお買い物に行きましょうよ」

菜名さんだ。

「傍目《はため》には近所の仲良し夫妻と休日にお買い物に行く、って構図よ。そうすることでまた雰囲気が馴染むでしょう？」

それも、大事だろう。

あ、と、坂上さんが言って手をポンと叩いた。

「それからですね。もしもそのときに、篠山がいたぞーってLINEが入ったときに運良く私も部屋にいたら、私がお二人を尾行しましょう」

「え？」

坂上さんが？

皆が首を捻《ひね》る。

「どうして？」

「もしも、もしもですよ。その篠山って奴が嶌谷さんと百合ちゃんが一緒にいるのを見かけて、カッとなって二人に暴力を振るおうとしたらどうします？　嶌谷さんは決して先に手を出してはいけないんですよ。先にどころか、そんな事態になって、周りにいる誰かが警察なんか呼んだらダメでしょう？」

その通りだ。

「嶌谷さんならＤＶ夫ごとき軽くのしちゃうでしょうけど、本当にダメなんですよそれをやっては。話が余計にこじれちゃう」

警察沙汰になっては、二人が夫婦ではないのがもちろん知られてしまうし、嶌谷さんの過去からして事態がこじれてしまう可能性が高いのは、確かだ。

「だから、私がやるんです」

坂上さんが胸を張るように言う。

「坂上さんが」

「私は、そのときにはただ偶然通り掛かった善意の一般人ですよ。殴り掛かっていった男を止めようとして、ふんじばってしまうんですよ。未然に防ぐんです」

確か、空手が三段とかだったたか。ものすごく強いという話は聞いているが。

「そんなことになっても困りますが、しかし誰かが一緒に目撃できるというのは、いいかもしれないですね」

「スマホで撮影しておくとかさ。何をやるにしても、証拠は必要でしょう」

貫田くんが言って、坂東さんも頷いた。

「夕方に部屋にいる可能性が高いのは、私と羽見さんとリアーヌさんだね。男手がないのは不安だけれども、その辺も私たちで何とかしようかね。尾行してスマホで撮影するぐらいならできるんだから」

男手か。

「じゃあ、しばらくは、俺も早上がりできる日があったら、できるだけ早く帰ってきて部屋にいるようにしよう。遊ぶ金が減らなくていいや」

貫田くんが言う。

男手か。

「私も、そうしましょう」

「野木さんも？」

「部屋が、五号室が空いています。そこに最低限の荷物を持ってきて、しばらくの間はここに帰ってくるようにします。仕事も調整して、皆さんがいない時間帯にここにいるようにしましょう」

それぐらいいなら、できる。可能だ。

橋《はし》本《もと》杏《きょう》子《こ》

｜ 三十五歳 ｜

株式会社祥殿社《しょうでんしゃ》文芸編集

作家さんの、担当している小説家の方の個人宅にお邪魔する、なんてことは、ほとんどない。

小説や、あるいはドラマやマンガの中に出てくる〈作家の家に行って原稿が上がるのをひたすら待つ〉なんていうのは、もう化石のような出来事。

昔の話だけれど、女性編集者が男性作家の個人宅に原稿を受け取りに行くときとか、あるいはどこかで二人きりになってしまう場合の心構えというか、危機回避のためのマニュアルみたいなものがあって、今も多少は受け継がれている、みたい。

みたい、というのは、それが書き留められたりしているものがあるわけじゃなくて、全部口伝《くでん》。口伝というのも笑っちゃうけれど。

つまり、二人きりになっているときに、男性作家に口説《くど》かれたり誘われたり理不尽な理由で関係を迫られたりしたときに、どうやってそれを躱《かわ》していくかということ。

その昔はいろいろ難しかったみたいだけれど、今は至極簡単。なんかそういう雰囲気や会話になったときには、携帯、もしくはスマホに電話が入ったふりをする。そして、さも上司と話している演技をして、「すみません、すぐ社に戻りますので」ってことで、危機回避をする。

そういう話を、前の会社にいたときに上司だった女性編集者から聞いていていたし、移ってきたこっちの会社でもきちんと聞いた。その他にもいくつか危機回避の方法はあるんだけれど、それでも昔を知っている女性編集者の先輩は言う。

「今の作家さんはそんなことする人ほとんどいないから」

多かったらしいですねその昔は。

今も、いないっていうわけでもないだろうし、実際あの作家さんには気をつけた方がいいって話も聞くけれども、関わらなければ、二人きりにならなければどうということもないし。

そもそも、今はそんな危険が待ちかまえているような作家の個人宅で待つ必要がないんだ。待つ、っていうのは書き上がった原稿を、その原稿用紙を、確実に受け取って会社に持ち帰るためだったのだろうけど、今は持ち帰る〈原稿〉の現物があること自体がほとんどないんだから。

そう、原稿は、大体データのやり取り。

パソコンで打たれた原稿を、小説家の皆さんはメールや何かで担当編集に送ってくる。担当編集はそれをパソコンで開いて読む。

その後は一旦プリントアウトしたり、もちろんその後に校正用に文字を組んだゲラにしたりで〈原稿〉のコピーが手元にできあがるのだけれど、作家さんの中には自分の書いた小説の〈原稿〉の現物を一切持っていないという人も多いんだ。残っているのは、デジタルデータのみ。

確かに今でも原稿用紙にペンで書いている作家さんはいるにはいるのだけれど、概《おおむ》ねベテラン作家さんとかこだわりのある方とか、大御所《おおごしょ》である場合が多くて、私はまだそういう方々を担当したことがない。

　校正のために出すゲラだって、今はＰＤＦの確認で済ませられる作家さんも大勢いる。紙のゲラでなけりゃ校正ができないっていう人もいるけれど、私が担当している作家さんは全員「全部ＰＤＦでいいです」って言っている。

　そういう作家さんでもさすがに単行本を作る作業での初校は紙のゲラをきちんとお渡しするけれども、再校からはほぼＰＤＦ。やり取りに時間が掛からなくてお互いにスケジュール的にも楽でいいし、郵送したりする手間も経費も掛からない。

　だから、作家さんの個人宅にお邪魔する必要性はまったく、ない。

　羽見晃さんは、うちの新人賞を獲ってデビューした新人作家さん。

　なんだかいろいろあって、デビューしてすぐに引っ越しをすることになって、私が住む駅の沿線にあるマンションに住むことが決まった。

　本当にすぐ近くで、一駅向こう。

　しかも、私の友人も住んでいるマンション。友人というか、元同僚というか、同期入社というか。

　旧姓苫田《とまた》、結婚して鈴木菜名。

　結婚してそのマンションに住み始めて、五年になるのかな。

　羽見さんからマンションの名前を聞いたときには、えっ！　って本当にびっくりした。同じ沿線で一駅向こうっていうだけで凄い偶然なのに、さらに友人が住んでいるところに入るなんて。

とんでもない偶然ですねって話をして、じゃあ私が会社に出社する前に寄って自宅で打ち合わせなんかできちゃいますね、って話をした。もちろん、作家さんのご自宅に行って打ち合わせしたことなんか今まで一度もなかったんだけれど。

同じ女性で私より年下でまだ二十代で、そして何となく人として気が合いそうな感じがあって、ついそんなことを言ってしまったんだけれど、羽見さんも嬉しそうにしていた。

だから、本当にそんなことをやってみてもいいかなって。

うちからデビューした新人さんは、どんなにデビュー作が売れなくてもその後も二作は出すっていう暗黙の了解がある。つまり、合計三作。そして他社さんから本を出す話が決まっても、まずは次作を、うちで二作目を出してからにしてくださいって話になる。

羽見さんの場合は、連載ではなく、次作も書き下ろし。

何せ羽見さんは初めて書いた小説でデビューしてしまったので、もちろん連載なんかしたことがなくて、一体どうやって書き進めていいかもわからないって。そもそも小説を書いたことが本当に一回しかないのだから、さて次作をと言われても、何をどうしたらいいのかもわからないって本人も言っている。

だから、打ち合わせそのものは、きちんとしなきゃならない。

まずは、どんな話を書くか、というアイデアのところから始まって、それが決まったなら、こちらで連載形式を想定して架空の締め切りを決めて、ある程度の枚数を書いてもらうところから始める。

純粋に書き下ろし、つまり全部いっぺんに書いてもらってもいい。でも、毎月の連載ができるようになれば、こなせるようになるのなら、その方が収入的にも作家さんのためになるんだから、そういう訓練をきちんとしてあげた方がいいって編集長も言う。

いい作家を育てるのも、編集者の、出版社の仕事。

羽見さんのデビュー作『浅い水たまりを跳ぶ』は、日常の、普通の日々の中での物語だ。ファンタジーめいたものも、ミステリめいたものも、とてつもない巨悪との戦いなんかも何もない。ただひたすら、日常の時が静かに流れていく。

それなのに、展開が一切読めない。突拍子もない出来事が起こるわけでもないのに、読者は一体私たちはどこへ連れて行かれるのかと、ワクワクドキドキしてしまう。でも、舞台はあくまで日常なのだ。

たとえば、主役は高校生のかわいい女の子で、彼女がインターハイの柔道の試合を学校に応援しに来ていたら、その体育館で行なわれていた先生たちの何気ない会話の中で、それぞれのW不倫が発覚してしまうという事実に遭遇してしまうような物語。

そういう物語が何の違和感も覚えさせずにするすると展開していく。気づくとそれは主人公のビルドゥングスロマンになっていたり、周りの人間たちの再生のドラマになっていたりする。読み方によっては、一級品のラブストーリーともいえるかもしれない。

とにかく、多面的な読み方ができるという点では、今までに類を見ないスタイルになっている。

それはたぶん、小説の書き方を、ストーリーの展開のさせ方をまったく知らないで書いたから、という側面もあるのかもしれない。

そういうある意味での鮮やかさを感じさせる新人作家が、手慣れてしまっていつの間にか凡《ぼん》庸《よう》なスタイルに落ち着いてしまうのはよくあること。それはそれでひとつの魅力になるのかもしれないけれども、羽見さんはまだその時期ではない。

あの鮮やかさをさらに際立たせるような二作目を、これが羽見晃という作家の素晴らしさなんだと皆が頷けるような方向性を上手く示してあげるのは、担当編集である私の仕事なのだから。

もちろん、デビュー作とは全然違う方向で、さらに凄いものを書き上げてくれるのなら、それはそれでいいことなのだから、決して決めつけてはいけない。

まだ何色にも染まっていない新人作家さんを相手にするのは、編集者の力量も問われるのだ。

「それで、どうなの羽見さんは」

企画会議の終わりに、戸賀《とが》編集長から言われた。

「はい、そろそろ二作目に取り掛かってもらおうかと思っています」

退職やら引っ越しやらが、デビューと一緒くたになってしまっていた羽見さん。とにかく落ち着いてからにしましょうって話だけはしていた。

新しいマンションに引っ越して二ヶ月が過ぎた。

「もうすっかり落ち着いて、会社員を辞めたという暮らしにも馴染んできたとご本人も言ってますので、打ち合わせをしようかなと」

そう、って戸賀さんが頷く。

「できれば今期中に出したかったけれども、あれだったら来年の春でもいいし。まぁ内容次第でもあるんだけど」

「そうですね」

書くのは、早そうなのだ。本人が言うには、デビュー作も十日で書いたと言っていた。あの量を十日というのは、恐ろしいほど筆が早い。

早ければいいってものじゃないけれども、実力としてそれだけのスピードで書けるというのはかなりのアドバンテージだ。

「何はともあれ、一度打ち合わせしてきます。アイデアやプロットがもうあるのなら、その辺りも詰めてから持ち帰ります」

うん、って戸賀さんがまた頷く。

「自由にさせるのが、いちばんだから」

羽見さんはたぶんそういうタイプだって戸賀さんは言う。こちらからなんだかんだ言うよりも、本人が書こうと思ったものを尊重する。

「その上で、手綱《たづな》をしっかり握ってうちが考えてる方向性だけは示す。彼女は新人さんにありがちな暴走してしまうタイプではないと思うけれども、きっとまだどこを向いていいかもわかっていないのだろうから」

「そうですね」

書こうと思った物語の行き着く先を見据えるというのは、簡単そうでいて実はとても難しいことなのだと、ベテランの作家さんも言う。自分がどうやってそこへ行き着けばいいのかを決めるのも、実は難しいんだって。歩いていくのか、自転車で行くのか、車か電車に乗って行けばいいのか。

書き方は千差万別《せんさばんべつ》。

だからこそ、それを決めるのも難しい。

金曜日の午後二時半過ぎ。美味しいケーキが入った箱を持って、会社から羽見さんの住む〈マンション　フォンティーヌ〉の最寄り駅で降りる。

もう一駅行けばいつも自分が使っている駅に着くのに、その前で降りるのはなんだか新鮮だ。出社前に私が寄ります、なんて話をしたけれども、さすがにそれはなくて、会社から向かう形になった。

美味しいおやつでも食べながら打ち合わせをしましょうって話して、もしも長引くようならそのまま晩ご飯をどこかで食べてもいいし、なんだったら今日はそのまま直帰してもいいスケジュール。

（そういえば初めてだなー）

鐘ケ淵駅。

ひょっとしたら歩いても私の部屋まで帰れるのかもしれない。歩かないけど。駅から〈マンション　フォンティーヌ〉まではゆっくり歩いて十分。途中の商店街を見て歩いたら十五分ぐらいは掛かってしまうかも。

いいところ。やっぱり、商店街が近くにあるのがいい。私の部屋の近くにも商店街があるけれども、こっちの方がいかにも商店街らしいかな。駅の雰囲気もいいし。

菜名が結婚してもう五年もこの町で暮らしているんだから、ここに足を向けなかったのが不思議なくらい。

でも、確かに同期で仲が良いし、今でもときどき一緒にご飯を食べたりはしているけれど、お互いの部屋に行き来したことはなかったものね。

別に避けていたわけじゃないけれど、同じ会社にいた頃には、菜名は実家に住んでいたからそこにお邪魔するなんて話はまったく出なかったし、かといって私の部屋に行こうかなんて話もあんまりしなかったし。

そもそも、友人の部屋に遊びに行くってシチュエーションは、学生時代でもなければなかなか生まれてこないと思うのだけどどうなのだろう。他の人たちはそういうことをよくするものなのだろうか。

これで、結婚した鈴木さんとも私が友人同士だった、なんていうことなら新居になった〈マンション　フォンティーヌ〉にもお邪魔することがあったかもしれないけれど、残念ながら鈴木幸介さんとは、結婚式で会ったのが初めて。

とても優しそうで、そして明るくて楽しそうな雰囲気を醸し出している男性。本当に良かったなって思っているんだ。菜名があんな人と巡り合えて。

改札を出て、さて〈マンション　フォンティーヌ〉へは駅を出て右の方向よね、って確認しようとスマホを取り出して地図を見ていたら、ふっ、と人が近くに寄ってきた気配があって、顔を上げた。

男性。

髪の毛の色が明るくてラフな格好をしているけれど、清潔感のある若い男性。そこそこ背も高くて、イケメンっぽい感じ。

その表情に何か真剣さがあったけれども、顔を上げた私を見た途端に、ふっ、と気配が変わってそのますすっと背中を向けて、遠ざかっていった。

何だろう、と、思ったけれども、すぐに何か勘違いをしたんだなっていうのはわかって、私もそのまま歩き出した。

たぶん、友達か知人とこの駅で、改札を出たところのこの辺で待ち合わせでもしていたんじゃないだろうか。そしてその待ち合わせていた人が、私に雰囲気が似ていたんじゃないかな。背格好とか、普段の外出着の感じとか。

それで、パッと近づこうと、声を掛けようと思ったけれども、顔を見てすぐに別人とわかったから、誤魔化して離れていった。

そんな感じだろう。

まぁ、あることだと思う。

私もあの後ろ姿は友人、と思って追いつこうと足を早めた瞬間に、あ、違うとわかってまたゆっくり歩き出したなんてことは何度かある。そういうものだろう。まだ二十代にも見えたからデートかなんかだろうかって。

ふいに、気配を感じた。

何の気配なのか自分でもわからないままに見ると、若い女の子がスマホを持って何かを撮っていた。

駅の方向を向いていたから、そっちの何かを撮っていたんだろうけど、その気配に何かを感じたんだ。

集中した感覚。

まるでカメラマンが被写体を、真剣に撮っているような気配。

私も編集者の端くれだ。作家さんを撮るカメラマンさんのそういう気配は何度も経験している。

その女の子は、背が少し低いけれどもとても可愛い、まるでアイドルみたいな女の子。着ている服もとてもお洒落でセンスがいい。明らかに、その辺の女の子とは一線を画すような、ファッション業界にでもいるような女の子。女の子って思っちゃったけれど、可愛いけれどもたぶん二十代の女性。

撮った後に、立ち止まって舗道の脇に寄って何気ないふうを装って、何かスマホで打っている。

たぶん、LINEか何かしている。

それを打っている間も、その集中した感覚を、真剣さを手放さない。ずっと何かに集中している。どんな気配も見逃さないような雰囲気。

変に思われない程度に歩く速度を緩めながら、思わず観察してしまった。

あの子は、何を撮ったんだろう。

何をLINEしているんだろう。

（気になる）

もの凄い気になってしまったけれども、確かめるわけにもいかないし。そのまま〈マンション　フォンティーヌ〉に向かっていく。

歩きながら私はそのままスマホのメモに書いてしまった。

〈可愛い女の子、真剣に何かを撮る、駅、なんだろう？〉

書き留めたからって何かがわかることもないんだけれど、こうしてメモを取っておくのも習慣化している。

私は小説家ではないけれども、何か気になることや、新しく知ったことや、思いついたことをメモしておく。そのメモが何かの役に立ったことはそんなにもないんだけれども、ある作家さんのアイデアの元になったことはある。

駅の何かを撮ったのは間違いないんだろうけど。

商店街を抜けて、一本脇道に入って見えてくる白い建物。

（あれだ）

菜名から話には聞いていた。アーチになった門をくぐるようにして中庭に入っていくんだって。本当にお洒落で、入った瞬間にここはどこ？　って思うよって。

そのアーチになっているところから人が出てきた。たぶん、同じマンションに住んでいる人なんだろう。

男女の、ご夫婦かな。

あまりじろじろ見るのも失礼だろうから見なかったけれども、大柄な渋い男性と、少し華奢《きゃしゃ》な感じのする女性。

少し足早に、女性はスマホを見ながら駅の方へ向かっていく。

いい感じの雰囲気が漂う。後で、羽見さんに聞いてみようか。今さっきご夫婦らしき人が出て行きましたが、って。

アーチをくぐる。

「わ」

本当だ。外国だ。ヨーロッパだ。行ったことはないけれども、パリだ。フランスの薫《かお》りがする。

「きれい」

これは本当に凄いと思う。中庭があってその真ん中に噴水。これも話には聞いていたけれども、本当に、噴水だ。変な言い方だけれども、偽物っぽくない、本当にヨーロッパのどこかにあるような噴水。

これは、本当に住みたくなる。

「橋本さん」

「あ」

眺めていたら、声がして横を向いた。そうそう、アーチをくぐったすぐ横の八号室だって言っていた。

羽見さんが、玄関の扉を開けて立っていた。

「見えたんですか」

窓から私が歩いてくるのが。そう言ったら、ちょっと微妙な表情を見せて、頷いた。

「ちょうど、外に出ていたので」

外に出たくなるようなマンションだ。扉も素敵だ。窓枠も、何もかも素敵。まるで少女マンガで女の子たちが一緒に住んでいるようなマンション。何かそんなのが昔にあったんじゃなかったっけ。そうだ、『フランス窓便り《まどだよ》』とか、そういうの。

「橋本さん、今、ここから出ていった人と擦れ違いませんでした？」

羽見さんが言う。

「ええ」

擦れ違いました。

「あ、ここから出てきたなって思いましたけど。たぶん住人の方なんじゃないかって思ったんですけど、そうですよね」

「そうなんですけれど、あの、顔とか見ました?」

顔。

「いえ、はっきりとは」

視界には確かに入りましたけれど。

「じろじろ見るようなことはなかったので。何かありましたか?」

「いえ、あの」

何かあったんですねきっと。

あのご夫婦らしき二人に。そういえば、どことなく二人とも急ぎ足になっていたのには気づいていたけれども。

早く行かなきゃ、という感じで。

「あ、どうぞ部屋に」

そうですね。打ち合わせをしに来たんですから。

部屋の中も素敵だった。

これが、本物というか、向こうのアパルトマンっていう造りなんじゃないかと思わせるもの。日本で真似っこしたようなものとは本当に雰囲気が違う。

「このマンション、菜名には少し話を聞いていたんですけど、本当に向こうのマンションをそのまま持ってきたような感じなんですね」

「そう言ってました」

羽見さんが、コーヒーを淹れながら言う。

「ここの大家さんが、小さい頃に住んでいたパリのマンションをそっくりそのまま同じように再現したそうです」

「そうなんですねー」

菜名が言っていたのを思い出した。もうずっとここで住んでいたいって。どうせ私たちには子供ができないんだから、二人で暮らすのにはちょうどいい広さだしって。

「どこの部屋も同じなんですか？」

聞いたら、頷いた。

「私はまだ全部のお部屋にお邪魔したことないですけど、皆さんどこも同じ広さだって言ってました。あ、大家さんと管理人さんの部屋だけは少し違いますけど」

管理人さんもいるんですね。そういえば菜名もそう話していたっけ。ちゃんと管理人さんが住んでいて、中庭とか噴水の掃除をしているんだって。

その光景も、日本ではなくて海外のようなんだって。

羽見さんが、椅子に座りながら私を見た。

「あの、橋本さん」

「はい」

「打ち合わせを始める前にですね。実は、あのちょっと、今さっきごたごたというか、いろいろありまして」

ごたごた。

いろいろ。

何でしょう。

さっきのご夫婦らしき人たちのことだろうか。何かが起こって、あの二人がここを急ぎ足で出てどこかへ向かって、そして羽見さんもそれを知っていて気もそぞろになっていて、打ち合わせどころじゃないって話になるのだろうか。

まぁ打ち合わせ自体は、焦ってやらなくてもいいのだけれども。

「その、いろいろの関係で、ですね。ちょっと橋本さんに確認したいことがあるんです」

「確認ですか」

「これは、どうしても訊かなきゃならないってことじゃないし、ひょっとしたら橋本さんに対して失礼な話になっちゃうのかもしれないんですけど」

失礼な話。

何だろう。羽見さんと会うのはまだ両手で数えられるぐらいで、お互いのことなんかはほとんどわかっていないけれども。

「何でしょう。気になることがあるのならどうぞお構いなく」

そういうものは、放っておくと作品の執筆にもかかわってきますから。

「あの、さっき名前が出た、橋本さんと前の会社で一緒だった鈴木菜名さん、校閲担当の」

はいはい。

「二号室にお住まいなんですよ」

「そう、でしたね」

何号室かはそういえば知らなかったかも。

「菜名さんは、橋本さんが養子なんだということを知っていて」

「あぁ」

そうです。

私は、親を亡くして施設に入って、その後に橋本の親に引き取られた養子。それは全然秘密でもなんでもなくて、親しい人は皆知っているし、そう、作家さんにもそういう話になったときには教えたりもしている。

施設での暮らしとか、あるいは施設で育って社会人になっていく子供たちはどういう思いを抱えているかとか、そういうものはよく知っているので何かの参考になればって話もする。

「それはもう、普通に皆には話していることですから」

「はい、それで、ですね。菜名さんは、橋本さんが橋本さんになる前は、〈シマタニ〉さんという名前だったって聞いたことがあるって」

「そうです」

嶌谷でした。

菜名に言ったかな？　話したんでしょうねきっと、知ってるってことは。そこまで話したのはたぶん本当に親しい人にだけだと思うけど。

「でも、漢字までは聞いていなかったそうなんです。どんな漢字の〈シマタニ〉なのか。ひょっとして、少し珍しい〈シマ〉でしたか？　鳥の上に山の嶌という」

「はい、そうなんです」

「そうなんですか！」

少し驚いたように、いや、的中した、っていうような表情を見せた。

普通は、島谷だろうと思う。あるいは嶋谷。嶌谷と書くのは本当に珍しいと思うのだけど、何だろう。

羽見さんは何を訊きたいのか。

「実はですね」

「はい」

「先程、橋本さんが擦れ違った、ここから出ていった男性と女性の二人のうち、男性の方はこの管理人さんで、〈蔦谷〉さんというんです。同じ漢字の〈蔦谷〉です」

同じ漢字の〈蔦谷〉さん。

同姓の方。

それは、ものすごく珍しいかも。

「そして、その蔦谷さんは千葉のご出身なんです。妹さんがいらっしゃるとも話していて」

「えっ」

千葉は、私の出身と同じ。

蔦谷。

「さっき、擦れ違った男性ですか？」

「そうです」

体格の良い、男性。

一瞬だけ視界に捉えた顔を思い出してみる。

彫りの深い、日本人には珍しいぐらいの顔。

その顔。

身体が、びくん！　と一瞬震えてしまった。身体中の細胞が一度拡がって縮まったような衝撃。

まさか。

「まさか、嶌谷拓次という名前ですか?」

それは、兄の名前。

羽見さんが、眼を見開いた。こくこくと頷く。

「そうなんです! 管理人さんは嶌谷拓次さんで、もう二十年も会っていない妹がいるっておっしゃっていて」

二十年会っていない。

正確には、二十三年。

お兄ちゃん。

お兄ちゃんが、いた?

「兄は、ここで働いているんですか? 管理人を?」

「そうなんです。まだここに来て半年も経っていませんけれど、働いているんです。あの、この話は菜名さんが嶌谷さんと話したときに聞いて、それでいくつかのキーワードが繋がってしまって、ひょっとしたらって菜名さんが気づいて」

シマタニという名字。

千葉の出身。

そして、長く会っていない兄妹。

そうだ、その話は菜名にもしている。たぶん、したはず。そして菜名はお兄ちゃんからも同じような話を聞いたんだ。

それで、繋がった。

私に確認する前に、私が羽見さんの担当編集になっていて、ここで打ち合わせすることを聞いた。

それで。

なんて、なんていう偶然。

このマンションの管理人に？　お兄ちゃんが。

いろんなものが頭の中をぐるぐる回ってしまって、何をどう言えばいいのかわからなくて、でも。

何かがあったって。

「兄は、どうしたんですか？　何かあったんですか？」

いろいろあって、兄と女性がどこかへ急ぎ足で向かったというのは一体何なのか。

「あ、それはですね。話が長くなってしまうのですが」

「兄がどこかへ行ってしまって、もう帰って来ないっていうことではないですか？」

「違います違います。蔦谷さんは戻ってきます」

大丈夫です、って慌てたように羽見さんが言って。

「でも、あの、それで、大丈夫でしょうか？　その、私たちは何もわからないので、これを確かめるために橋本さんに訊くこともどうしようかって」

そう、か。

それで、私に失礼な話になるかもしれないって。

そうか、菜名もそれで電話で確かめようとは思わなかったのかな。

急に、涙が出てくるのが、わかった。

お兄ちゃんが、いた。

ここに、いる。

会える。

嶌谷拓次

| 四十五歳 |

管理人

ここに来て日々、入居者の女性の方々と短い挨拶をしたり、話をしたりしてきた。当然だろうが、大家であるリアーヌさんとはいちばんよく話をしている。リアーヌさんの部屋にお邪魔して、坂東教授と三人でお茶をしながら話したりもする。その他の女性たちがいることもある。

女性あしらいに慣れている、と、リアーヌさんが言ってきた。女性だけではなく、男性でもそうなのだろうけど、何か人を惹《ひ》きつける不思議な魅力が、その身の内から醸し出されていると。

坂東教授も、大きく頷いていた。もしもうちの大学に来て何かしらの話でもしてもらったら、大げさではなくすぐに女子学生たちが近づいてくるのではないか、ひょっとしたら男子学生も大勢来るのではないかと。

そういうふうなことを言われるのは、初めてではない。

元暴力団員で、刑務所に出たり入ったりしてきた男なのだが、以前にも同じようなことを言われていた。

お前は、ただそこに立っているだけで、ある種の女たちを惹きつけるようなタイプの男だと。

もちろん、自分ではまったくわからない。

身長が高くガタイも良く、その点は確かに男性的な魅力に繋がるのかもしれないとは思うが、ご面相は決して良くはない。濃い顔だというのは自覚している。日本人よりは、中央アジアとかその辺りの人たちのような彫りの深い顔ではある、と。

ただ、他人がそう言うのだから、そうなのだろうと思っていた。

そして、そういう人を惹きつけ誤魔化し、詐欺紛《まが》いの場に立ち会ったこともある。俺のその魅力のようなものを利用して、金を巻き上げたこともある。

その魅力とやらがどこから来るのか、何故《なぜ》そういうものがあるのか。

正直なところ、女で苦労した覚えはまったくない。喰《く》わせてあげるから一緒にいてほしいと言ってきた女も、一人や二人ではない。自慢ではなく、事実として。

顔立ちと体格は、遺伝なのだろう。

日本人とは思えない身体の大きさも、顔の彫りの深さも、死んだ親父から受け継いだものだ。写真でしか見たことがない祖父は、これは絶対に外国人だろうという顔立ちとスタイルをしていた。祖父の時代に、あんなにも大きな男は相当目立ったのではないかと思う。

おそらく、そういう血が流れているのだろう。

その手の話はまったく聞いていないが、祖父の前の代、曾《そう》祖父辺りはひょっとしたら、外国人だったのかもしれない。それも、顔が濃い方の。

妹は、母親似なので俺とはまるで似ていない。ただ、母親も背は高い方だったので、妹もクラスではいちばん後ろに並んでいた。

俺が知っている妹の姿はもう二十年以上前のものだから、その後どうなったかはわからないが、間違いなく背が高い女性に成長しているだろう。

百合さんと杏ちゃん、そしてリアーヌさんと晩ご飯を一緒に食べたり、百合さんと外出してカフェでお茶をしたりしているうちに、そういう話もしてしまった。杏子という妹の名前も教えた。

夫婦を装うのだから、むしろ知らない方がおかしいだろう。そういうものは確実に表に現れる。敏感な人間は、そういうのを感じ取る。

おかしな話になるが、暴力団に入るような人間でも、聡《さと》い奴はいる。いやひょっとしたら上に上がっていくのは、そういう人間なのかもしれない。結局のところ、人を相手にする商売だから、そういうところに敏感になっていく。

騙すためには、成り切らなきゃならない。そういう術《すべ》を身につけた人間は多い。俺もその中の一人だったかもしれない。

百合、と、呼ぶようにした。二人でいるときには、だ。マンションの他の住人といるときには、百合さん、と。杏ちゃんのことは、杏、と。偶然とはいえ、妹の杏子と同じ漢字だったというのも不思議な話だ。

その気には決してならないようにしている。

百合さんは私を信頼してくれているが、夫ではなく、兄と一緒にいるような気持ちになってくださいとお願いしておいた。

仲の良い兄妹ならば、仲の良い夫婦とそう変わらない雰囲気を醸し出せるだろうと。

自分がある種の女性に好かれる男だというのは、今までの経験上わかっていた。たぶん、百合さんもそういう類いの女性かもしれないと思っていた。

だから、夫婦を装うが、しっかりと線を引いておかなきゃならない。嘘《うそ》がいつの間にか本気になってしまうというのは、よくあることだ。そうならないための線が〈兄妹〉というラインだと思った。

百合さんを、杏子と思い、接する。

孤児だった百合さんにはもちろん兄はいないが、同じ施設で育ち、仲の良かった年の近い男の子はいたという。だから、その人だと思ってくれと。自分のことを何もかも知っているいちばん近しい人。

お互いにそういう認識ができ上がれば、ある程度は夫婦のような雰囲気を醸し出せるだろう。

そのためにも、何もかも話した。

「本当に、偶然の一致というか、同じような境遇ですよね」

百合さんが言う。

「似て非なる、といったところですかね」

百合さんは最初から独《ひと》りだった。病院で生まれ母親はそのまま死去し、父親が誰かもわからず赤子の頃から施設で育ってきた。つまり、親兄弟どころか係累は一人もいない。捜せばひょっとしたら見つかるかもしれないが。

俺の場合は両親がいたが、両親は二人とも戦災孤児だった。だから、俺と杏子にも係累は一人もいない。こちらも捜せばどこかにいたのかもしれないが、今となってはまったくわからない。

まさしく似て非なる境遇だ。

「ご両親はお二人とも事故死なんですよね」

「親父の方は、たぶんとしか言えないのですが、母親は事故死です」

親父は、俺が小学五年生のときだ。行方不明になってしまってそのままなんだが、直前にヤクザ者とのごたごたに巻き込まれていたらしい。

「親父がその類いの男ということではなかったと思います」

親父と母親は、同じ町工場に勤めていた。金属関係の加工をする鉄工所だ。すぐ近くにどうも暴力団の事務所があったらしく、仕事としてそこの事務所のドアや窓、壁なんかに鉄やなんかで加工したものを取り付けることもあったらしい。

要するに、弾を撃《う》ち込まれても大丈夫なように要塞化《ようさいか》していたんだろう。その関係で、何かに巻き込まれて親父は行方不明になった。おそらく、どこかに埋められたか沈められたかしたんだろう。今となってはどうしようもない。

母親は、中学のときにトラックに轢《ひ》かれて死亡してしまった。これはもう単純な、と言っては叱られるが、ただの事故だった。

事故だが、その運の悪さを憎んだ。

どうしてうちにだけこんなに不幸が起こってしまうのか、と。

「そうですよね」

百合さんが同情するように頷いてくれる。

けれども、世の中そんな不公平なことばかりじゃない。あっという間に両親がいなくなってしまったが、両親が働いていた鉄工所の社長はいい人だった。親を失い、係累もいない俺たち兄妹の面倒を見てくれた。

俺はその鉄工所で働き、まだ幼かった杏子は安心できる施設に入れて、そして養親も見つけてくれたのだ。

「あの、そこまで面倒を見てくれたのに、兄妹で引き取るとかはしてくれなかったんですね」

「いや、社長は独り身だったんですよ。奥さんとは死別していまして」

「あ、それで」

中学生になっていた俺はともかくも、まだ小さな杏子を社長が自分の子供として育てるのは無理だった。俺と杏子が二人して同じ施設に入るという選択肢もあったが、俺は社長の鉄工所で働くことを選んだ。働くのなら、施設から通うのは難しかった。

「そこで、杏子一人だけ施設に入り、幸いにしてすぐに蔦谷杏子から、橋本杏子になりました」

俺は中学二年、杏子が四歳のときだ。

「それから、会っていないんですか？」

「いえ、そうではないです」

中学を卒業するまでは、俺も比較的まともに学校に通っていた。新聞配達のアルバイトをしながら、空いてる時間には鉄工所で働いた。

杏子がいる施設には日曜には必ず会いに行っていたし、橋本家の養子になってからも誕生日に呼ばれて行ったこともある。

仲は良かった。良かったというか、杏子は俺を慕ってくれていた。一緒に暮らせなくなるのを、悲しんでいた。泣いていた。

「いつか、俺が大人になり、まともな暮らしができるようになったら、一緒に暮らそうか、とも思っていたのですが」

俺は暴力団に入ってしまった。

「何か、きっかけがあったんですか」

「目をつけられていた、というのがありました」

「誰にですか」

「そこの組長にですね」

父親を殺したであろう組とは別の組だった。

「定時制の高校には通っていたんです」

俺自身は中学を卒業したらすぐにでも鉄工所でフルタイムで働くつもりだったが、社長は高校は出ておけと言った。しかし普通の高校に行ってもそれでどうなるのかと思った。

働くのが、いちばんだった。

昼間は工場で働き、夜は真面目に通った。楽しい仲間がたくさんできた。同じ定時制に通う、様々な年齢と職種の仲間。

その中に、ファミレスで働く女性がいた。二十代の女性で、楽しい人だった。彼女の働く店に寄って、皆で食べたり話をしたりすることが増えた。カラオケに行ったり、それぞれの部屋に行くこともあった。

「何かがあったんですか」

「その人は、俺が入ることになる暴力団の組長の恋人というか、愛人というか、そういう関係の女性だったんです」

彼女の引っ越しを手伝って、そこで初めて組長に会った。ヤクザ者にはまるで見えなかった。親戚のおじさんのような感じで、まるで気づかなかった。バカだったとしか言いようがない。

「仕事を紹介してくれたんです」

お世話になっている鉄工所は、正直なところ零細《れいさい》企業だった。お世話になるのも心苦しくなるぐらいに、経営が厳しかった。

まともな仕事かと思っていたら、その暴力団が後ろにいるようなところだった。

「そうこうしているうちに、本物の組員になってしまいました」

本当に、バカだったのだ。ただ、二度の服役の後に、組を抜けたことだけは、賢い選択ができたと思っている。

「何事もなく、抜けられました」

その後も刑務所に入ることはあったが、暴力団との関わりは一切ない。これからも、ない。

「暴力団に入ってから、杏子とも会わないようにしました」

何も関わりを持たないように。

「今、どうしているかも知らないんですか?」

「何も知りません。ただ、風の噂《うわさ》というか、十年ぐらい前ですか。知り合いから高校も大学も出て、立派に社会人としてやっているみたいだ、という話だけは。出版関係の仕事をやっているようだ、と」

今は、三十五歳になっているはず。ひょっとしたら結婚して、子供がいてもおかしくない年齢だ。

「会いたいですよね」

「それは」

会いたいが、会わなくてもいいような気がしている。今更会ってどうするのだと。何もできないし、杏子も何も期待していないだろう。

「杏子の人生に、邪魔になるだけの存在ですから」

もしも、このままここでしっかりと地に足を付けた生活ができて、十年二十年経って、自分は真っ当に生きてこられたと思える日が来たのなら、会えたら嬉しいとは思う。

刑務所のことなどは、知らなくてもいいだろう。とにかく服役を何回もしてしまった。けれども、中では模範囚《もはんしゅう》として過ごし、いろいろな技術も学んで、過去の仕事も含めて様々な技能を身につけた。

それが、今は役に立っている。人生をやり直すために。

「どういうふうに出会ったことにしましょうか」

「出会い、ですか」

百合さんが頷く。

「もちろん、嘘というか架空ですけれど、その架空の物語は、必要ですよね?」

確かに。必要か。

二人がどうやって出会ったか、か。

「私が考えるよりは、百合さんが思い描きやすい方がいいでしょうね」

百合さんの人生に入り込んできた男とは、どんなふうに出会ったのか。自分で考えてもらった方が納得できるだろう。

「お任せします。私の人生は考えなくていいです。どのみち、誰かに話すわけではありません。篠山に出会ったときに、彼に二人揃っているところを見せつけるときに、自分たちの中で積み上げておけばいいだけですから」

そうですよね、と言い、百合さんは首を捻るようにして考えた。

「あ、じゃあ、モデルさんにしましょう」

「モデル？　ですか？　ファッションモデルのモデル？」

「そうです」

俺がモデル？

百合さんが微笑んだ。

「モデルと言っても、ショッピングセンターのチラシに男性用のシャツなどを着て載っているようなモデルです」

あぁ、そういうのか。

「私は服を作っている関係で、服を納めたりするときに、そういう場に居合わせることもあります。そこで出会った、男性です。嶌谷さんはスタイルがいいので、そういうふうに言われても誰も変には思いません」

なるほど。

「実際に、そういう場で他の男性と知り合いになったことがあるんですね」

「あります。その方の本来の仕事は、そのショッピングセンターの社員さんでした。意外とそういうパターンがあるらしいですよ」

そういえば何かのテレビ番組で、そんなようなのを観たことがある。

「では、きっと事務員とかではなく、裏方でしょうね。配送関係とか」

「あ、それがいいですね」

身体を使う仕事ならば、大抵のことはやっているから想像はできる。

「そこで知り合い、付き合い始め、夫婦になったと。私は初婚ですね」

「そうですね」

「身体は大きいくせに性格は地味で気が小さく、それまで女性に縁がなかったというところで納得させましょう」

笑い合う。

こんな話をし合うだけでも、距離は縮まる。

それらしくなっていくだろう。

＊

火曜日だった。

いつもと何も変わりない、いつも通りの日だった。

よく晴れた日で、朝はいつものように中庭の掃除をして、杏ちゃんを幼稚園に送りだした。本格的な落ち葉の季節になる前に、屋根に上って雨樋《あまどい》の点検をした。定期的にやってはいるのだが、とんでもないものが載っかっていることもある。ビニール袋やお菓子の袋などはしょっちゅう載っているが、釘《くぎ》やらネジやら、アクセサリーが載っていることも。おそらく、カラスなどの鳥が持ってきているのだろうが。

昼ご飯は、部屋で仕事をしていた百合さんと、リアーヌさんのところに行って焼きうどんを作って食べた。

すっかり、百合さんが近くにいることに心も身体も馴染んでいた。まだ、会うときには百合さんだ、と改めて意識してしまう自分がいるが、そこにいることがあたりまえのようになれば、つまり意識しなくなるようになれば完璧だと思う。親兄弟がそこにいることを意識しないのと同じように。

天気の良い日の午後には、部屋にいる誰かしらが顔を出してベンチに座り、日向《ひなた》ぼっこをしたりしている。杏ちゃんの友達が来ていることもある。幼稚園のお友達だ。そんなときには、何も仕事がなければ管理人室の中から見守っていることもある。杏ちゃんは大人しく賢い子なので危ないことはしないが、子供たちが遊んでいるときには何が起こるかわからない。そういうときは、じっと窓から見ているのも何なので、中庭に出て軽く掃除をしたりする。

今日は休みなのだという坂上さんが、午後に外出するときに中庭で会った。帰りは市谷さんと待ち合わせて外食の予定だと話していた。

坂上さんが中庭から出ていった後に、羽見さんもたまたま外に出てきて、今日はこれから編集者さんが打ち合わせに来るんだと言っていた。

中庭にいると、毎日何かしらそのような会話が交わされる。

「今日は、ずっといらっしゃいますよね」

羽見さんが言う。

「もちろんです」

平日だ。この後は特に仕事はなく、たぶんほとんど部屋にいる。

リアーヌさんから貸してもらっている小説を読んでいるか、あるいは映画かテレビでも観ているか、だ。

午後六時を過ぎると一応は勤務時間が終わるので、外にご飯を食べに行くか、百合さんと杏ちゃんと一緒にどちらかの部屋でご飯を食べることになる。

「何かありましたか？」

「いえ」

羽見さんが、少し表情を変える。何か言いたげというか、そんなような顔をしているのだが。

そのときだ。

LINEの通知音がする。

俺のも、そして羽見さんのにも同時に。二人で一度顔を見合わせて、それからiPhoneを出し、見る。

「蔦谷さん！」

「はい」

さっき、駅に向かった坂上さんからのLINE。

マミナ【います！　駅に！】

写真もある。

百合さんの元夫である篠山の写真。

マンションのあちこちで何かしらの音がするのがわかった。百合さんの部屋のドアも開いた。

「嶌谷さん！」

「すぐに行きましょう。着替えて、中庭に」

皆で話をしてから三週間。

ついに、そのときが来た。

「杏はどうしましょうか」

一瞬考えた。杏ちゃんは、篠山との子供だ。

「置いていきましょう」

何かあったときに困る。

「私が見ていますから！」

羽見さんが言い、リアーヌさんが部屋から出てくるのも見えた。任せて大丈夫だろう。

「お願いします」

マミナ【私は待ち合わせしてるふりして、駅にいます】

百合【今、支度できました。これからマンションを出ます】

マミナ【急いでね】

百合【二人で向かっています】

シマタニ【坂上さんは何もしないでください】
マミナ【わかりました】
マミナ【どうやりますか？】
シマタニ【まず、何も気づかないふりをして、二人で篠山の前を通り過ぎます】
マミナ【その後は？】
シマタニ【ついてくるなら、浅草《あさくさ》で降ります。声を掛けられたなら話をします】
マミナ【電車に乗るなら篠山の後からついていきます】
リアーヌ【無理しないで】
シマタニ【わかりました】
貫田【俺、いつでも向かえるから何かあったら言って】
シマタニ【了解です】

皆が、このグループLINEを見ている。市谷さんからも、坂東教授からも、鈴木夫妻からも続々とLINEが入ってくる。

シマタニ【見えた。もう着きます】

篠山が駅の改札口にいるのが、わかった。

隣を歩く百合さんの身体に緊張が走っているのも、わかった。

「ゆっくりと、いつものように」

「はい」

ただ、駅へ向かう夫婦に成り切って、歩き続ける。

後は、出たとこ勝負になる。

篠山がどう出てくるかで、何もかもが変わる。

声を掛けてくるのか、後をついてくるのか、あるいは何もしないでどこかへ消えるのか。

後をついてくるのなら、とことん買い物に出た仲の良い夫婦のふりをして、その後はどこかで撒《ま》く。それぐらいは簡単だ。何だったらタクシーに乗ってしまえばいい。絶対に〈マンション　フォンティーヌ〉に住んでいることだけは知られてはならない。

もしも声を掛けてきたら、出たとこ勝負と言いつつも、慎重にならなければならない。とにかく、冷静に話をすることだけを心掛ける。

そして、自分たちは今は幸せなのだということを、篠山に感じさせる。

マミナ【動画撮っているから】

坂上さんの横を通り過ぎる。

そして、改札口を見ていてこちらに気づいていない篠山の横を通り過ぎる。しかし、決して振り向いたりはしない。

「どこかで、甘いものを食べましょう」

顔を近づけて小声で、百合さんに言う。百合さんは、少しだけ驚いたような顔をして、それから微笑んでゆっくり頷いた。

後ろから見ているであろう篠山には、二人の後ろ姿はどんな風に映っただろうか。

改札に入る。

マミナ【篠山、動かないわ。後をつけない。あ、歩き出した】
坂上さんがいてくれて良かった。後ろから実況中継してくれている。
マミナ【ゆっくり改札に向かって歩いている。電車に乗るみたい】
すぐに電車が入ってきた。それに乗る。

マミナ【同じ電車に乗った。私も乗ってる】
マミナ【おかしな様子はないわ。ただ乗ってる】
シマタニ【浅草で降ります】
マミナ【篠山も降りた】
マミナ【あ、乗り換えしそう。銀座線《ぎんざ》。どうする？　後を追う？】
シマタニ【止《や》めましょう。改札入るのを確認だけして終わりましょう】
マミナ【改札入ったわ】
貫田【篠山が今どこに住んでるかわかる？】
百合【わかりません。前は銀座線沿いではなかったことは確かです】
シマタニ【ここまでにしておきましょう。間違いなく私たちのことを見ましたよね】
マミナ【見ました。動画撮ってある。後ろからだけど、呆然《ぼうぜん》としてるみたいでしたよ】
シマタニ【後で確認しましょう】
マミナ【どうしましょう？　すぐに帰って見る？】
シマタニ【いいえ。念のために、少しここらを二人で歩いてから帰ります】
シマタニ【坂上さんは予定通り過ごしてください】
百合【すみません。杏をよろしくお願いします】
マミナ【了解。後でね】

リアーヌ【杏ちゃんは全然大丈夫よ。むしろゆっくり浅草散歩でもしてきて】

百合さんが、大きく息を吐いた。緊張が解けたのだろう。

「大丈夫ですか」

「はい」

ゆっくり頷いて、微笑む。

「顔は見ましたか」

「見ました、横目でですけど」

俺も、見た。ほんの一瞬だが。

「以前と変わりはありませんでしたか」

「そう思います。後ろ姿しかはっきりとは見ませんでしたけれど」

「今も、変わらない暮らしをしているんでしょうかね」

百合さんが、首を横に振る。

「何もわかりません。前と同じ店で働いているのかどうか。家も、どこかに引っ越したのかどうかも」

何もわからない方がいいのだろう。

「これで、大丈夫でしょうか」

「わかりません」

そもそもが、結果がどうなるかわからない方法なのだ。

「後で坂上さんが撮った動画を見てみますが、坂上さんの報告の様子からすると、成功したような気はします」

篠山が間違いなく百合さんの姿を認めたとしたなら。いきなり追ってきたり話しかけたりしてこなかったということは。

「百合さんの隣にいる私を、新しい夫か恋人かと思ったことでしょう」

そう願いたいし、たぶんそうだ。

「後は、この先にまた現れるか現れないか」

それを慎重に様子を見る。

「現れなければそれでよし、です」

また駅に現れたのなら、同じことを繰り返す。

「ただ、そのときは」

「そのときは？」

絶対に、とは言えないが。

「私という男を、新しい夫か恋人かと思って、それでもまた来るのなら、何かしら向こうから接触があるでしょう」

そうとしか思えない。

「そのときは、そのときです」

どうなるかわからないが、このやり方を続けるしかない。決して〈マンション　フォンティーヌ〉に住んでいることを知られないように。


杏ちゃんがリアーヌさんの部屋にいるので、戻ってきてまっすぐ向かった。浅草で美味しそうなケーキを見つけたので、それを買って。

住人全員分買おうかどうか迷ったのだが、私が買いますと百合さんが言った。自分のことで皆さんに迷惑を掛けているのだからと。そういう気は遣わなくていいと皆が言うだろうが、とりあえず最初のことだったのでそれもいいかと。

杏ちゃんは、普通に元気だった。今までも何度もリアーヌさんのところでお留守番とかをしているのだから、本人も何とも思っていないのだろう。

「後で、坂上さんが帰ってきたら動画を見てみましょう」

リアーヌさんに言うと、頷いた。

動画はすぐに送ってもらうこともできるだろうが、急ぐことでもない。マンションの皆で考えた作戦であるから、集まって一緒に見た方がいい。それぞれの眼で、いろんな意見ももらえるし、今後のことも話し合える。

「それでね、蔦谷さん」

「はい」

リアーヌさんが、何か含みというか、何か言いたげというか、そういうような表情を浮かべる。

「まだ、晩ご飯までには時間があるけれども」

「そうですね」

五時を回っていた。

「羽見さんのところに、編集者さんが来たのよ」

「あぁ、はい」

そう言っていた。打ち合わせにやってくると。

「その編集者さんは、まだいるの」

そうですか、と頷くしかなかったが。

「打ち合わせしていたのもそうなのだけれど、蔦谷さんが帰ってくるのを待っていたのよ」

「私を？」

何故だ。

リアーヌさんが、少し息を吐いた。

「どうしてまたこんな日に、と思うけれど。人生の織りなす綾《あや》というものなのかしら」

何を言いたいのか。

「編集者さんのお名前、橋本杏子さんというの」

橋本杏子。

その名は。

「妹さんよ」

羽見　晃

｜　二十九歳　｜

小説家

ドアホンじゃなくてノックする音が聞こえてきて。

でもその前にリアーヌさんから嶌谷さんがこっちに向かったってLINEが来ていたから、私はすぐに立ち上がってドアを開ける。

夕暮れの陽射しを背中に受けて、体格の良い嶌谷さんの姿。

射し込んでくる陽の光を正面から受けて、私の後ろで立ち上がる橋本さん。

二人が、何も言わずに、見つめ合う。

まるで映画のような、一場面。

事実は小説より奇なり。

たぶん、ほとんどの人が知っている格言のような言葉。どうやらイギリスの詩人、バイロン卿《きょう》という方の著作の中にある言葉らしい。

調べるといろいろ出てくるのだけれど、どうしてその言葉がこんなにも誰もが知る格言みたいになったのかは、よくわからない。

でも、これだけ広まって定着しているというのは、大抵の人がこの言葉に深く深く納得できるからなんだと思う。

事実は小説より奇なり。

私も、三十年近い人生でそれが納得できた。

実感できた。本当にそうだ。

こんな話は小説に書きたいと言っても、これはちょっと出来過ぎなエピソードですね、って編集者さんに言われてしまうような偶然の出来事。

二十年以上会っていなかった、会いたくても会えなかった、実の兄妹である嶌谷拓次さんと橋本杏子さん。

そのお二人が、今、私の部屋で、顔を合わせている。

大げさではなく、偶然という名の運命の糸が繋がったように。

その糸の始まりは、最初に結ばれたところはどこだったんだろうって考えていた。

〈マンション　フォンティーヌ〉がなかったら、この再会がなかったのは間違いないんだと思う。大家さんであるリアーヌさんがここにいたから、そしてリアーヌさんの意志が野木さんを動かして、ここには素敵な人たちばかりが住むようになっていた。

野木さんがこのマンションに入居する人を決める唯一の担当者というところから、もう始まっていたんだろうか。

だって嶌谷さんと野木さんは、同窓生だったのだ。

一年違いで同じ中学に通っていて、野木さんはずっと嶌谷さんのことを覚えていた。そして卒業以来ずっと会うこともなかったのに、何の関わりもなかったのに、新しい管理人として嶌谷さんがここにやってきた。

それ自体がもう、凄い偶然で、運命の糸の始まりだったとしても全然おかしくはない。むしろそう考えた方が自然。

妹の杏子さんの元同僚で仲良しの菜名さんが結婚してここに住み始めたのも、その糸の繋がりのひとつ。

そして私が小説家としてデビューできて、担当編集さんが杏子さんになったのもそうだろうし、私が野木さんに導かれてここに住むことになったのも、糸の繋がり。

全ては偶然だけれども、偶然じゃないんだきっと。そうやって繋がれた運命の糸が、今、二人を引き合わせた。

「あの」

嶌谷さんに言う。

「私、リアーヌさんのところに行ってますので」

嶌谷さんが一瞬考えて、いやいや、って感じで右手を広げた。

「どうぞ、そのまま。すぐに」

終わりますとか、帰りますとか言おうとしたんだろうけど、考えるように下を向いてから、言った。

「打ち合わせは、もう済んだのですか」

終わっていないというか、なんだかそれどころじゃなくなってしまって、杏子さんとはずっと自分たちの人生について話し合っていた。

杏子さんが、どんなふうに育ってきたのか。嶌谷さんがどんなお兄さんだったのか。施設で過ごした日々や、養子になってからお兄さんと会えなくなっていった日々。どうして会いに来てくれないのかはわかってはいたけれども、それでも会いたくてあちこちを捜し歩いたことも。私の人生は比べれば平凡なものだけれども、でもやはり兄や家族とのちょっとした確執めいたものや、病気になってからの苦悩やら何やら。

そんな話を、二人でずっとしていたんだ。

でも、それも執筆のための打ち合わせの形のひとつ。雑談の中から生まれてくるものだってたくさんあるんだって聞いている。

事実、橋本さんのこれまでの人生の話を聞いていて、そして今ここで起こっている奇跡のような出来事を目の当たりにして、私の中にはもうたくさんの、数え切れないぐらいの物語の芽が顔を出している。

「終わりのないものですから。またいつでもできますし、今決めなければいけないものでもないですから」

「そうですか」

では、少しお邪魔します、と嶌谷さんが靴を脱いで部屋に上がった。

「お兄ちゃん」

万感の思い、という表現はこんなときに使うのだと思った。

こらえ切れずに、橋本さんがその言葉を言った。溢れそうになっていた涙がその大きな瞳からこぼれていた。

手を伸ばせば届く距離に立った嶌谷さんが、微笑んだ。

「泣くな。もういい年になったんだろう」

「いい年って」

「アラフォーとか言うんだろう」

「なんでそんな言葉知ってるのよ。まだギリギリ違うって言えるわよ。それならお兄ちゃんこそアラフィフになるでしょ」

「何だそれは」

笑った。

なんだか私ももらい泣きしながら。


こうして会えた、会えてしまったのだから、お互いのいる場所がもうわかったのだからいつでも会える。だから、わざわざ羽見さんの部屋で長々と話をすることはないって嶌谷さんは言った。

「でも、これから、マンションの皆さんで集まるのでしょう?」

「聞いたのか」

「全部聞きました」

全部話しました。

この後に百合さんと元夫のことで、麻実奈さんが撮った動画を見ながら相談する予定になっている。

それは、皆が帰ってきて晩ご飯を済ませてからのこと。

同席するって、したいって橋本さんが言った。

「だって、兄がお世話になっている皆さんに、ひょっとしたらとんでもないご迷惑をお掛けすることになるかもしれないんですよ。たった一人の肉親である私にだって責任があることになるんだから」

もう、それは確かにって思った。

そもそもは百合さんの問題なのだけれど、嶌谷さんの提案した解決法に決めたときから、もうマンション皆の問題になっている。

それぞれからLINEは入っていた。

動画を撮った麻実奈さんは倫子さんの仕事が終わり次第合流して、前から行こうと話していたレストランで一緒に食べて帰ってくる。

坂東教授は、この後会議が入っているので大学の近くで食事をしてから戻ってくる。

貫田さんもいつも通りに定時に上がって、適当にどこかでご飯を食べてくる。

鈴木夫妻も、今日は特に遅くなりそうな仕事もないそうで、その辺で二人で外食をして帰ってくる。

五号室に仮住まいしている野木さんも大丈夫。特に仕事も遅くはならないのでまっすぐ帰ってくる。

じゃあ、九時半にリアーヌさんのところに集合しましょう、ってなっていた。

たぶん八時前には皆が帰ってくるけれども、まだ理解はできないだろうけれど杏ちゃんには話を聞かせたくないし、動画だろうと篠山さんの姿を見せたくもない。九時には寝つくけれども夜に一人で部屋に残すのは可哀想なので、百合さんはこの間と同じように自分の部屋にいてタブレットで参加する。

皆で麻実奈さんの撮った動画を見て、果たしてどのような効果があったかを、現場にいた蔦谷さんと百合さん、そして麻実奈さんの話を聞いて確かめて、今後はどうやっていくかを決める。

だから、杏子さんもこのまま一緒に晩ご飯を食べて、そのままずっと一緒にいますって。

野木さんが帰ってきたので、リアーヌさんの部屋で晩ご飯を食べて、皆を待つことになった。

私と杏子さんと、蔦谷さんに野木さん。

野木さんには、杏子さんのことをまだ何も伝えていなかったので、その場で互いを紹介して説明すると本当に驚いていた。

まさか、そんなことがあるなんて、と。

でも、自分と嶌谷さんがここで会ったのだから、そうなるのも自然な流れだったのかなって。

メニューは、チキンの香草焼きとクリームシチュー、トマトとレタスとキュウリのサラダに白いご飯。パンでいい人は自分で焼いてね、とリアーヌさんが言うけど全員が白いご飯だった。

「一度だけですけど、私は中学生の頃に会っているんですよ、杏子さんにも」

いただきます、とご飯を食べ始めてから、野木さんが言った。

「そうなんですか?」

「たぶん、買い物か何かの帰り道だったんでしょう。嶌谷さんと二人で並んで歩いていました」

まだ中学生だった野木さんと嶌谷さんの、その頃の様子が全然想像つかないけれども。

「声を掛けると、ニコニコしながら挨拶してくれました。今でもあの可愛らしい笑顔を覚えています」

少しだけ恥ずかしそうに、杏子さんが微笑む。嶌谷さんは、済まないけどまったく覚えていないって。そもそも野木さんのことを覚えていなかったんだからしょうがないけれども。

「印象は全然違うのだけれども、こうして並ぶと似ているわ」

リアーヌさんが、嶌谷さんと杏子さんに言う。

「そうですか？」

二人が顔を見合わせた。

「一緒にいた頃から似てないと思っていたのですが」

「いや、確かに。兄妹の雰囲気がありますね」

野木さんが言って、私もそう思っていた。顔立ちはまるで似ていないけれども、並んで兄妹と言われると、なるほどと頷ける雰囲気。

「結局のところ、あれなのかしら。嶌谷さんが、会えるような立場ではなくなってしまったから、ということだったのかしら」

リアーヌさんが訊くと、嶌谷さんは小さく頷いた。

「そう思っていました。せめて、真っ当になれたと自分で納得できるまではと」

「杏子さんは、会いに来なくなったその理由を、わかっていたの？」

杏子さんも小さく頷いた。

「兄が、暴力団に入っているようだ、というのは知り合いから聞いたんです。それだからなのかな、とは思っていたんですけれど」

どこで何をしているのかは、調べようもなかったって。そうだと思う。若い女の子が、暴力団のことなど調べようもない。

「でも、ずっと捜していました。兄の姿を。どこかで見かけたりしないだろうかって」

「もうこれで、捜さなくてもいいわね。嶌谷さんはずっとここにいるから。辞めるって言っても私が辞めさせやしないわ」

嶌谷さんが、リアーヌさんを見つめて、静かに眼を閉じて頷いた。

「ありがとうございます。辞めるなんてことはまったく考えられません」

「あれだったらね、杏子さん」

「はい」

「兄妹でここに住んだって私は全然構わないんだけれども。あ、でも管理人室だと二人では少し狭いから、空いてる五号室にでも一緒に。ねぇ」

ねぇ、と言われて野木さんが頷いた。

「何の問題もないでしょうね」

「いやそれは」

嶌谷さんが言ってから、杏子さんを見る。

「あれだ。三科さんのことが終わってから、後でいろいろ話を訊こうと思っていたんだが」

「なぁに？」

「その、お前は、独り身なのだろうか？　結婚なんかは、相手とかは」

杏子さんが、苦笑いみたいな笑みを浮かべてちょっと肩を竦《すく》めた。

「一人暮らしですよ。大学を卒業して橋本の家を出てからずっと一人です」

「そうなのか」

「三十半ばでまだ独身なのは、特別な理由があるわけじゃありません。初対面の皆さんの前でいきなり話すことじゃないですけれど、長く続いた人と結局そこまで行かなくて二ヶ月前に別れたばかりです」

むぅ、って嶌谷さんが顔を顰めた。あらまぁ、ってリアーヌさん。それは私も聞いていなかった。そうだったんですね。

「絶賛彼氏募集中です」

恥ずかしいって笑う。

「それならば、尚更、一緒に住むなんてのはできません。私みたいな兄がいると」

「そんな寅さんみたいな台詞《せりふ》やめて」

確かに。フーテンの寅さんは私も知っている。

「そんなふうに私は絶対に思わない。でもね、私だってこの年になってから兄の下着を洗濯するような生活はしたくないですよ」

笑った。

それはそうかも。

「でも」

杏子さんが、リアーヌさんに言う。

「本当に、ここに来られるのならとても嬉しいです。兄の傍《そば》で毎日一緒に暮らしたいです。私だけ、その五号室に引っ越しができるのなら。兄は兄で、管理人室でしっかりと一人で生活をしてもらって」

うん、ってリアーヌさんは頷く。

「それはいいわね。お互いにいい人が現れるまで一緒にいられるわけだし」

「いつでもいいですよ。今の部屋の契約があるでしょうから、杏子さんの都合の良いときに私のところに来て契約していただければ」

いいと思う。

こうして会えたのだ。気取って言うわけじゃないけれど、兄妹として失われた日々を取り戻すのにここは最高の場所だと思う。友人の菜名さんもいるんだし、私も嬉しい。

「いつでも担当編集さんと会えるっていいかも」

「いや、羽見さん。普通は作家にとっては嫌なことですよ」

あ、そうなのか。私はまだ新人なのでわからないけれど。

「そうしましょう。五号室は予約ね」

＊

コーヒーの香りが漂ってきた。

皆が帰ってきてリアーヌさんの部屋に集まって、この間と同じようにして、女性陣が椅子に座って、男性陣は立って。

動画はスマホで見られるけれども、大きな画面で見た方がいいだろうって、鈴木さんが自分のディスプレイを運んできて、そこに映してくれた。

大きなディスプレイで、麻実奈さんが撮った動画を皆で見る。

「行きます」

動画が、流れ出す。こんな大きなディスプレイで動画を見るのは初めてかもしれない。

もう私も見慣れた、駅の景色。

そこに、あの百合さんの元夫、篠山さんの姿。

話には聞いていたし写真も見たけれども、確かにイケメンだと思う。とてもDV男とは思えない。

麻実奈さんはこれを隠れて撮っていたんだ。

iPhoneが動いて、向こうから歩いてくる蔦谷さんと百合さんの姿が映った。二人が麻実奈さんの方を一瞬見たのがわかったけれど、すぐに何もなかったようにして歩き続けている。

そして、篠山さんの横を通り過ぎる。

「これ、よく撮れたね」

貫田さんが言って、私も驚いていた。

てっきり隠れていて、篠山さんの後ろから撮ったものしかないと思っていたのに、ちょうど蔦谷さんと百合さんが並んで篠山さんの前を通り過ぎるところを、その表情を斜め下の角度から撮っている動画。

「どうやって撮った？」

坂東教授だ。

「後から見て自分でもびっくりしたの。撮ってるのがバレないように手を下ろしたままにして、いちかばちかだったんですよ」

麻実奈さんが言う。

それで、少し下の角度からの動画になっているんだ。それにしても本当によく撮れている。

iPhoneの画面を見ながら撮っているんじゃないのに、しっかりと篠山さんを捉えている。

「ナイス判断だね」

坂東教授も頷く。

「明らかに驚いている表情。そして、逡巡《しゅんじゅん》する様子が手に取るようにわかるよ」

「肩まで落としているんじゃないですか？　この感じ」

鈴木さんが言う。

そう思える。がっくりしているような感じが伝わってくる。

「慌てて後を追ってはいないわね。二人が通り過ぎた、少し後から動き出しているから」

菜名さんだ。

画面が少し揺れているのは、麻実奈さんがスマホを持った手を自然に下げているからだ。

ときどき画面から篠山さんが消えるけれど、その度にいったん麻実奈さんの顔がアップになる。たぶんスマホを見ているようにしてごまかして、また腕を下ろして篠山さんが映る角度にして、バレないように撮り続けている。

電車に乗り込んで、吊《つ》り革《かわ》を摑んで並んでいる嶌谷さんと百合さん。

その様子は、事情をわかっている私が見ても、後ろ姿だけなら夫婦か、もしくは恋人同士に見える。すごく自然に。

カメラがクイッと動いて、篠山さんを映す。少し離れたところにただ立っている。二人を見ることはほとんどない。

「なんか私って撮影の、カメラマンのセンスがあるんじゃないかって思えてきちゃった」

麻実奈さんが真面目な顔をして言う。

「本当にね。まるで映画を観ている気分になってきたわ」

リアーヌさんだ。

冗談抜きで、麻実奈さん、これは間違いなくセンスがあると思う。

だって本当にカンだけでやっているのに、しっかりと被写体を捉えて、しかもそれが映像として絵になっている。

iPhoneをカメラ代わりにして撮った映画も最近はあるって話だけど、これなら本当に頷ける。

「BGMを付けたくなるな」

貫田さんも言う。

「彼は、完全にノックアウトされている気がするね」

野木さんが頷きながら言う。

「諦めていないのなら、二人の様子を観察するはずだ。それなのに、ここまでのところ二人を見ようともしていない。ただ、同じ車両に離れて乗っているだけの乗客に見える」

「そうですね」

杏子さんだ。

「今日初めて事情を知って、これを見ている私ですけれど、この篠山さんという男性からは何の覇気《はき》も感じません。本当に、ただ電車に乗っている若い男性にしか見えません」

「私にもそう見える」

菜名さん。

編集者と校閲という仕事をしている二人。たぶんだけれども、本をつくる仕事は人間観察にも長《た》けた部分がある人じゃないと務まらないと思う。小説という物語は、結局のところ人間というものを見つめるものなのだから。

その二人が、そう思うんだ。

「今思い返しても、何も感じませんでした」

嶌谷さんが、言う。

「特別な気配というものは、どんな人でも感じてしまうものです。特に、私のような世界にいた男は、自分に向けられる敵意や悪意、そんなようなものを感じ取ることに長けてきます」

そうなんだろうと思う。

それは逆に言うと、細かな気配りもできるということになるんだと思う。ここに来て管理人の仕事をしている嶌谷さんは、本当によく気のつく人なんだ。

「ずっと意識していましたが、何も感じませんでした。視線すら感じなかったです。拍子抜けしたほどに」

(私も、そう感じました)

マイク付きのイヤホンをした百合さんが、タブレットのディスプレイの向こうから話してきた。

（緊張して、ずっと気を張っていたのですけれど、本当に何も感じませんでした。こうやって見ていても、あの人から何か感じるものがあるかと思ったんですけれど、何もないです）

うん、と、皆が頷いていた。

動画の中では、電車が浅草に着いて、嶌谷さんと百合さんが電車から降りた。麻実奈さんも降りて、iPhoneはその後から降りてきた篠山さんをほぼ正面から撮っている。

篠山さんは、ただ歩いている。前を歩く二人を見ようともしない。そのまま麻実奈さんを追い越したのか、その背中を映している。

「このまま、銀座線に乗り換えて終わり」

動画は、篠山さんの背中が改札を越えて、向こうに消えていくのを捉えて、終わった。

「成功と思っていいんじゃないのかしらね」

リアーヌさんが言う。

「そう思います。そもそも、駅で会ったときに声を掛けてこなかったのが何よりの証拠でしょう」

野木さんが言って、貫田さんが頷く。

「間違いないよ。やられた、って思っているよ。他に男がいるのか、そいつと住んでいるのか、結婚したのかって。しかもその男はこんな強面の強そうなオッサンなのかってさ。とても手出しもできやしないってさ」

「同じ男として、そう思うんだね？」

坂東教授が言って、そうそう、って貫田さん。

「どんなＤＶ野郎でもさ、外では普通に過ごしていれば、まともな判断ができるってもんだよ。声を掛けなかった時点でもう篠山はそういう判断ができてるって証拠じゃん。いやこいつの肩を持つわけじゃなくね。そもそもこいつは接客の仕事もできるし、その辺は真っ当な奴なんだよね？」

（はい。そう思います）

「だったら、そうだよ。本当のところはわからないけれど、もう来ないんじゃないかって俺には思えるね」

貫田さんの言葉に、皆が頷いている。

「とりあえずは、成功したと思っていいでしょう」

リアーヌさんだ。

「そしてね、もうここまでやってきて、皆が習慣になったでしょう？　百合さんは蔦谷さんと行動を共にするのも、皆が駅のところで篠山さんの姿を捜すのも」

そうだね、って皆が頷いた。

「その習慣を、もう少し続けましょう。きっと一ヶ月も二ヶ月も続けたら、それがあたりまえになるわ」

「そして、その間に篠山が現れなければ、そのままめでたしめでたし、だね」

坂東教授も頷いた。

「何よりもね、このことが百合さんにとっての力になったでしょう。ねぇ百合さん。この後ね、ばったり篠山に出会ったとしても、胸を張っていられそうだと思えない？　私はこんなにも素敵な友人たちがいる暮らしを手に入れているんだと。あなたになんか負けないって、思えない？」

リアーヌさんの言葉に、百合さんが少し眼を大きくさせて、少し考えるようにしてから、微笑んだ。

（はい。思えると、思います）

＊

季節が巡って、十二月の声を聞く頃、嶌谷さんが明日、噴水の水を抜きますと皆に伝えた日に、杏子さんが五号室にやってきた。

引っ越しの日は日曜日だったので、ほとんどの人が手伝えると言ってくれたけれども、荷物が少ないので、私と百合さんの二人が手伝っただけで、あっという間に終わってしまった。

寒くなってしまうからもう中庭で歓迎会のパーティはできないけれども、必要ないぐらいに杏子さんは何度もここにやってきていて、皆と仲良くやっている。

私は、二作目の小説を書き上げて、今は校正中。

とんでもなく素敵な出来事に巡り合えた〈マンション　フォンティーヌ〉。ここでのことを物語にしたいとは思ったのだけれども、まだ少し早いかなと思って、まったく別の話を考えた。

本になったら、マンションの皆さんに献本しようかなって思っている。だって、別の話にはしたのだけれども、登場人物たちのモデルとしてマンションの皆さんが勢ぞろいしているから。もちろん、フィクションにはしているけれど。

あれから、篠山さんの姿は一切見かけない。

念のためというか、野木さんがこっそりとバレないように篠山さんの現況を調べたそうだ。まだ以前と同じ店で働いているって。特に問題を起こしている様子もないから、このままもう落ち着くんじゃないかって話していた。


私は、ほとんどずっと部屋にいるから、リアーヌさんとは毎日のようにお茶をしている。リアーヌさんは、時々この先の話をしてくる。

実際、自分は後何年生きられるかわからない。そうなったときには、このマンションを誰かに譲りたい。皆にはまだ内緒だけれどね、って。

ずっと野木さんに譲ろうって思っていたそうだけれども、今は嶌谷さんはどうだろうって。ひょっとして嶌谷さんと百合さんがこのまま本当の夫婦になっちゃったりしたら凄く嬉しくて、夫婦でこのマンションを受け継いでくれないかって。

あるいは、嶌谷さんと杏子さんがこのままずっと一緒にここにいるのなら、二人にお願いしちゃいたいとか。もしくは羽見さんでもいいけれどどって。作家なんて不安定だから、ここの収入を柱にするのはどう、なんて。

私も、それはいいですね！　って。冗談で言う。でもリアーヌさん、ずっとずっと長生きしてください。何だったら私、介護しますからって。

そんな話をしている。

【初出】
月刊誌「小説ＮＯＮ」にて二〇二二年五月から二〇二三年六月まで連載され、
著者が刊行に際し、加筆、修正した作品です。

あなたにお願い

この本をお読みになって、どんな感想をお持ちでしょうか。次ページの「100字書評」を編集部までいただけたらありがたく存じます。個人名を識別できない形で処理したうえで、今後の企画の参考にさせていただくほか、作者に提供することがあります。

あなたの「100字書評」は新聞・雑誌などを通じて紹介させていただくことがあります。採用の場合は、特製図書カードを差し上げます。

次ページの原稿用紙（コピーしたものでもかまいません）に書評をお書きのうえ、このページを切り取り、左記へお送りください。祥伝社ホームページからも、書き込めます。

〒一〇一―八七〇一　東京都千代田区神田神保町三―三
祥伝社　文芸出版部　文芸編集　編集長　坂口芳和
電話〇三（三二六五）二〇八〇　www.shodensha.co.jp/bookreview

切りとり線

◎本書の購買動機（新聞、雑誌名を記入するか、○をつけてください）

＿＿＿新聞・誌の広告を見て	＿＿＿新聞・誌の書評を見て	好きな作家だから	カバーに惹かれて	タイトルに惹かれて	知人のすすめで

◎最近、印象に残った作品や作家をお書きください

◎その他この本についてご意見がありましたらお書きください

100字書評

マンション フォンティーヌ

住所

なまえ

年齢

職業

小路幸也（しょうじゆきや）
1961年北海道生まれ。広告制作会社を経て、執筆活動へ。2002年『空を見上げる古い歌を口ずさむ』で第29回メフィスト賞を受賞しデビュー。下町で古書店を営む大家族を描いた「東京バンドワゴン」シリーズが人気を集めている。他の著書に『うたうひと』『さくらの丘で』『娘の結婚』『アシタノユキカタ』「マイ・ディア・ポリスマン」シリーズ『明日は結婚式』（いずれも小社刊）、「駐在日記」シリーズ、「国道食堂」シリーズほか多数。

マンション フォンティーヌ

令和５年10月20日　　初版第１刷発行

著者――小路幸也《しようじゆきや》

発行者――辻　浩明

発行所――祥伝社《しようでんしや》
〒101-8701 東京都千代田区神田神保町3-3
電話　03-3265-2081（販売）　03-3265-2080（編集）
　　　03-3265-3622（業務）

印刷――堀内印刷

製本――積信堂

Printed in Japan
ISBN978-4-396-63654-8　C0093
祥伝社のホームページ・www.shodensha.co.jp

祥伝社

文庫判

「お父さん、会ってほしい人がいるの」

娘の結婚

小路 幸也

男手ひとつで育てた娘が結婚相手を紹介したいという。
だが、その結婚には問題があって……。
娘の幸せをめぐる、男親の静かな葛藤と奮闘の物語。

祥伝社

文庫判

ろくでなしの俺たちだって、
きっと誰かを幸せにできるんだ。

アシタノユキカタ

札幌から熊本まで２０００キロ。
ワケあり三人の奇妙なドライブが始まった。

小路 幸也

祥伝社

四六判文芸書

家族で過ごす最後の夜、
あなたに伝えたい想いがあります。

明日は結婚式

結婚前夜、
当人たちとその家族の
視点から紡ぐ感動の物語。

小路 幸也